JOY

PATRICK BASSANT

Joy

WERELDBIBLIOTHEEK · AMSTERDAM

Omslagontwerp Bureau Beck

Soundtrack KOLBAK

Uitgeverij Wereldbibliotheek bv
Spuistraat 283
1012 VR Amsterdam

www.wereldbibliotheek.nl

ISBN 978 90 284 2493 7
eboek 978 90 284 4031 9

voor Chaya
voor altijd

Ik jaag achter een beeld aan, verder niets.
– Gérard de Nerval, *Sylvie*

Het stenen kind

Deze wereld heeft een totaal verkeerd beeld van kinderen. En Rick en Bia zaten zeker niet op een kind te wachten. Het is niet makkelijk om er als jong stel achter te komen dat je van seks gelazer kunt krijgen, maar voor overtuigde jaren-'80-pessimisten was het een ramp. In plaats van je modieus bezig te houden met de ondergang in het algemeen, onder het nadrukkelijk níét als genot ervaren van drugs en pijnlijke muziek, diende je je opeens druk te maken om de ontkenning van het gerieflijke *Fuck the Future*. Een kind, jouw kind, dat geboren gaat worden tussen de lekkende vaten radioactief afval en vermorzeld zal worden door ronddarrende tanks.

Eigenlijk heetten ze Richard en Bianca, maar dat vonden ze niet passen bij hun nieuwe PRETTY HATE MACHINE-T-shirt. Dat je al je vrije tijd besteedde aan het draaien van zwartgallige platen en het bedenken van strategieën om je tegen de wereld af te zetten, wilde nog niet zeggen dat je niet soms flink aan vakantie toe kon zijn. Wat deed je dan? Kamperen was geen optie – het platteland is voor koeien en natuur is te groen. Vette padden met een barbecue voor een caravan, burgerlullen met een pleerol of badmintonners binnen gehoorsafstand: dat nooit. Ook erg hip toentertijd: de hele wereld rondreizen met vuil ondergoed op je rug.

Backpackers. Wat een volk. Rijke westerse kinderen die vertederd raken door sloppenwijken en snotterende bedelaars, die naakt op de tonen van een klankschaal door de wierookdampen dartelen en met respect elkaars luizen toespreken. En die daarnaast hun imago koesteren: basisrespect voor het meezeulen van een instrument dat een ruftende jak nabootst. Bonuspunten voor elk belachelijk land waar je bent geweest, een extra leven voor elke maand doorgebracht in een ingesneeuwd pauperdorp. In geval van twijfel wint de backpacker met de meeste klitten in het haar of met de coolste manier om op een cactus te zitten.

'Wat is oranje en kleurt leuk bij hippies?' vroeg Rick als ze een backpacker zagen.

'Vuur!'

Daarom besloten ze niet naar die walgelijke uithoeken van de wereld te gaan. En al hun vrienden gingen al naar Berlijn. Tering, daar gebeurde zo veel! Er waren zelfs al *industrial noise*-combo's die na hun optreden provocerend gewoon géén viaduct opbliezen. En die Muur, die was zogenaamd ontzettend no-future! Alles naar de kloten *und tanz zum Tod.* Lemmingen, dat waren het.

Maar Oslo bleek ook geen beste keuze te zijn geweest. Ze trokken veel bekijks en er scheen weinig zon, maar er was geen klap te doen en het eten was vreselijk. Ze hadden verwacht dat er in zo'n saaie stad wel een interessante undergroundscene moest zijn, maar zij leken de enige nachtvlinders. Na acht dagen ondersteboven aan het plafond van het hostel te hebben gehangen, gaat zelfs de meest fanatieke nihilist met lood in de kisten naar een museum. Pure verveling.

Dus zo kwamen ze in het Vigelandpark terecht. Ze hielden het tien minuten vol, die beelden. Alleen de stampvoetende kleuter was wel aardig, de rest vonden ze tergende kitsch. Toen hebben ze nog eens een kwartier naar de bezoekers gekeken, maar al die Thorkilds en Ølivia's en hun fototoestellen deden het maagzuur meer opspelen dan het plaatselijke eten of Abba.

Om wat leven in de tent te brengen, neukten ze eens flink op een van de beelden. Ze hoorden verschrikte gilletjes, maar meer nog het geklik van camera's. Mannetjes die dit zelf nooit zouden durven.

Een buiging leek Rick wat overdreven, dus veegde hij met een groots gebaar zijn lul af aan Bia's jurk.

Het kind voelde zich duidelijk niet welkom. Bia trachtte het te vergiftigen door drugs te snuiven, spuiten, slikken of rectaal in te brengen. 't Kind meende vader zelfs eens te horen bidden of het niet gewoon kon verstenen. Het kreeg een keiharde kop om zich te beschermen tegen moeders gewoonte van trappen te lazeren. Die kop zou de wraak tijdens de bevalling worden.

Het kind trok zich na de geboorte niets aan van de koele ontvangst. Ze werd Joy genoemd en ontkiemde ongestoord in haar eigen wereldje. Dat bestond er in het vroege begin vooral uit dat vreemde mensen haar uit haar wiegje tilden en 'Laat me eens naar je kijken dan' of 'Oooh, wat is ze mooi' pruttelden. Laat naar jezelf kijken, griezel, dacht Joy in een pril denkbeginnen. Ze dacht niet in woorden, maar haar beweeglijke wenkbrauwtjes en getuite lipjes verrieden wat er in haar hoofd omging. Vrij snel hadden de vreemde mensen genoeg van doen alsof ze baby's werkelijk interessant vonden. Ze legden Joy terug en gingen bier drinken. Joy hoorde ze praten maar kon niet over de rand van haar wiegje kijken. Boven haar hoofd hingen kleurige vormpjes aan touwtjes en als je daar een klap tegen gaf, zwaaiden ze door elkaar. Alsof ze met elkaar praatten, met de stemmen van de mensen aan de andere kant van de kamer.

Zodra je kan kruipen, kan je je wereld aanmerkelijk vergroten, merkte ze. In een straf tempo schuifelde Joy door het huis, dat met twee kamers en een keukentje voor grote mensen niet veel voorstelde. Joy had er een dagtaak aan. Helemaal toen ze in de slaapkamer een vriendinnetje aantrof. Ze begon te kraaien en kroop in galop op haar af. Toen ze te dichtbij kwam, stootten hun kopjes tegen elkaar. Verschrikt keek Joy op en zag het meisje over haar hoofd wrijven. Joy strekte haar handje uit en probeerde de vingers van het meisje te grijpen, maar ze miste steeds. Even keek het meisje heel sip, toen barstten zij en Joy tegelijk in lachen uit. Joy had er een *soulmate* bij, met hetzelfde gevoel voor humor en een even hard hoofd.

Joy vertelde haar dagelijks wat ze allemaal had meegemaakt. Het meisje vertelde zelf nooit een mooi verhaal, maar dat kon Joy wel begrijpen, want ze kwam nooit de slaapkamer uit. Dan maak je ook niks mee, dat is logisch. Voor avonturen moest je de wijde wereld in.

Een park met veel groen en mensen op fietsen, mensen met honden, mensen op rolschaatsen, mensen wandelend en op het gras liggend, mensen met kleurtjes en mensen in het zwart, mensen met muziek en mensen die sliepen.

Een supermarkt zo groot als wel honderd huizen, stampvol met doosjes, flessen, snoep, oude vrouwen die je met kromme vingers aaiden, appels in verschillende kleuren en een geheimzinnige stem die soms uit het plafond klonk.

Een tram, geel, die bij elke bocht vrolijk klingelde, gevuld met mensen in lange jassen, in regenjassen, met grote rugzakken en kleine plastic tassen.

Een kinderboerderij met allemaal beestjes die al zo veel kinderen gezien hadden dat het ze geen lor kon schelen, tenzij je met eten aan kwam lopen. Dan verdrongen ze zich om je heen, een kluwen veren en haren die nurkse geluiden maakte en stiekem je wanten probeerde op te peuzelen.

En later de school, waar vijfentwintig kindjes bij elkaar kwamen die ongeveer even oud waren. Overal woonden vierjarige kindjes met kleertjes, luizen en soms een bril, die naar je keken, met je speelden en om je moesten lachen.

Joy forever

Op 9 november 1994, haar vijfde verjaardag, mocht Joy als verrassing mee met papa's bleke vrienden. Oom Peter en twee mannen namen haar mee met de auto, die tot het dak volgepropt was met gitaren en nog een hoop vreemde spullen. Kende ze die andere twee mannen? Ze hadden zwarte kleren aan, dus het waren vast ook vrienden van papa en mama.

Voor haar verjaardag had Peter bedacht dat Joy haar eerste rol in een film mocht spelen. En hij legde uitgebreid uit wat dat betekende. Doen alsof en Peter zou dan zorgen dat ze later zo veel als ze wilde kon kijken naar zichzelf en hoe goed ze kon doen alsof, of zoiets.

'Maar ik heb al een spiegel,' wierp Joy tegen.

'Nee, dit is anders. Je zal het zien, we gaan er een heel speciale dag van maken. Dropje?'

De auto stopte ergens in de duinen en Peter en zijn vrienden laadden de tassen, koffers en de gitaren uit de auto. Joy keek om zich heen; dit had ze nog nooit gezien. Nergens huizen, geen fietsen en nul andere mensen. Wel veel bergen zand en her en der wat groen. We zien wel. Verbaasd liep ze achter de drie mannen aan.

Peter gaf haar nog een dropje en vertelde wat ze gingen doen.

'Op deze plek,' zei hij, 'zetten we de camera. Dat ding onthoudt wat jij allemaal doet en laat dat aan andere mensen zien. De camera kijkt naar voren, dus als jij straks door het zand daar loopt, kunnen we alles opnemen. Begrijp je dat?'

'Ja hoor,' jokte Joy.

'Mooi zo, wat ben je toch slim. Kleed je maar uit.'

Zo slim was ze niet, want dit snapte ze echt niet. Maakte Peter een grapje? Daar leek het niet op.

'Wat is er? Ben je bang?'

Nee, bang niet. Een beetje gek is het wel.

'Maar het is hartstikke koud,' mummelde ze terwijl ze Peter strak bleef aankijken. Die schoot in de lach.

'Rustig maar, daar heb ik iets op bedacht.'

Dat zal wel. Joy kleedde zich pruilend uit en trok de zwarte onderbroek aan die Peter haar gaf. Daarna smeerde hij haar in met een zalfje dat een heerlijk warme gloed gaf. Ze had het gelijk niet koud meer. Toen maakte hij met kohl haar ogen wat zwarter en hield haar een spiegel voor. Een meisje met kippenvel, spookogen en een glimmende onderbroek.

'En nu gaan we doen alsof. Kom, dit is leuk.'

Joy zag dat verderop een van de vrienden met een lange zwarte jurk en de gitaar klaarstond.

'Nu gaan we steeds iets anders spelen. Je moet dan eerst naar hem rennen, en als je er bijna bent, dan draai je je om en loop je terug naar de camera. Je mag dan niet naar mij kijken, maar alleen naar dit rode lichtje. Kun je dat?'

Joy dacht van wel.

'Daarna trakteer ik op een warme chocomel met slagroom bij de zee.'

Dat klonk alsof het ver weg was.

Joy rende naar de gitarist, draaide zich om en liep heel boos weer terug. Toen was ze heel blij, huppelde zelfs een beetje. Daarna liep ze verdrietig terug, met haar schouders naar beneden hangend. Elke keer zei Peter dat ze het geweldig deed, dat ze een rasactrice was. Geen idee wat dat was, misschien had het iets met de zee te maken. Joy bleef rennen, verbaasd, misselijk of dorstig. Wat Peter ook vroeg. Tot ze niet meer kon.

'Mag ik stoppen? Ik vind het superstom en het is koud.'

'Nog één keertje, en dan alsof je heel moe bent. Daarna stoppen we, beloofd!'

Joy strompelde weer naar de gitaarman, draaide zich om en sjokte terug. Ze struikelde en viel in het zand. Ze begon te huilen en probeerde het zand van zich af te vegen, maar dat bleef plakken aan de zalf op haar huid. Peter gebaarde dat ze moest komen. Ze veegde de zandkorrels en de tranen uit haar ogen en hompelde uitgeput de laatste meters terug.

Peter legde zijn jas over haar bibberende schoudertjes en gaf haar een dikke kus.

'Jeetje, je bent nog veel mooier dan ik altijd al dacht. Ik ben echt heel trots op je, Joy. Kom, we gaan vlug pannenkoeken eten met zo veel chocolademelk als je op kunt!'

Ze mocht lang opblijven, want er was een feestje. Papa en mama namen haar achter op de fiets mee. Ze stopten bij een gebouw dat een beetje stonk, en waar mensen met felgekleurd haar voor de deur bier uit blik zaten te drinken, met tussen zich in herdershonden die de boel in de gaten hielden. Binnen was het donker en er klonk muziek die Joy thuis ook veel hoorde: stevige metaalklanken en een hoop geschreeuw. Ze werd met een glas appelsap-troebel in een hoek geduwd en stond naar de mensen te kijken, toen Peter op haar afkwam.

'Ah, mijn prinsesje, wat leuk dat je er ook bent!' Hij tilde haar op en gelijk kreeg Joy een raar gevoel in haar buik.

'Hier is de ster van de avond, mensen,' schalde hij door de zaal.

'Wil je me nu weer neerzetten alsjeblieft?'

Peter schoot in de lach.

'Mag ik je niet laten zien? Ben je verlegen?'

'Nee hoor, alleen een beetje misselijk.'

'Pas maar op met appelsap. Chocomel is veel beter.' Peter zette haar weer op de grond en gaf haar een aai. Papa en mama waren druk aan het kletsen en andere kinderen waren er niet. De man met de gitaar uit de duinen gaf haar een knipoog, waar ze even verlegen van werd.

Een half uurtje en twee appelsapjes later klommen oom Peter, de gitaarman en de derde man van haar verjaarsfeestje op het kleine podium achter in de zaal. Het publiek werd stil en schuifelde naar het podium. De drie mannen begonnen enorme herrie te maken en Joy zocht een veilig heenkomen.

Na een kwartiertje heette Peter iedereen welkom op de presentatie van hun nieuwe plaat.

'Het volgende nummer wordt iets speciaals,' zei hij, 'want we hebben onze eerste videoclip.' Op een scherm boven de band floepte een licht aan.

'Life is a joy forever!' schreeuwde Peter.

Zodra ze haar naam hoorde, liep Joy nieuwsgierig tussen de mensen door naar voren. Op het scherm zag ze in zwartwit een engelachtig meisje rennen, afgewisseld met beelden van een serieus kijkende band en Peter, die deed alsof hij heel boos was. Ze sperde haar oogjes wijd open om niets te missen. Ze zag zichzelf in haar bijna-blootje door het zand rennen. Daar liep ze gekke bekken naar de zaal te trekken. Ze zag zichzelf uitgeput op de grond vallen.

Toen het beeld zwart werd, stopte de band met spelen en klonk er heel veel applaus. Peter en Joy glommen van trots.

'Met alle dank aan mijn beeldschone vriendin daar,' zei Peter en wees naar haar. Hij stond op het podium, een stuk boven de mensen en Joy zag zijn zwartgelakte vinger van boven naar haar wijzen. Ze voelde zich rood en heet worden toen iedereen nog eens speciaal voor haar klapte.

Na het optreden kwamen veel mensen naar haar toe. Een paar bekenden, maar ook vreemden zeiden dat ze het zo goed had gedaan en dat ze zo mooi was. Joy wist niet wat ze moest zeggen, dus ze glimlachte en sloeg haar ogen neer. Hoe kan je nou mooi zijn als je boos of verdrietig bent?

Oefenen in verschillende gezichtjes trekken. Even keek Joy blij, meteen daarna teleurgesteld en dan vies. Vreemd genoeg zeiden de mensen dan dingen als 'Gaat het een beetje?' of 'Wat is er met jou?' en nooit 'Wat ben je mooi', laat staan dat ze voor je gingen klappen. Kennelijk werkte dat alleen in een film. Als je steeds anders kijkend door het zand hebt gerend, zeggen mensen dat ze je mooi vinden. Ze probeerde thuis nog twee keer in haar onderbroek door de woonkamer te rennen, eerst juichend en huppelend en daarna huilend, maar dat gaf geen ander resultaat dan dat papa en mama haar de kamer uit stuurden. Joy zag nog maar één mogelijkheid, en dat was proberen om op één enkel moment blij, moe, verbaasd en ziek – alles tegelijk te kijken.

Dagenlang oefende ze voor haar vriendin en meest kritische fan, totdat ze samen besloten dat het zo goed was. Toen oom Peter later die week langskwam, probeerde ze haar allesgezichtje voor het eerst uit. Direct bij binnenkomst zag hij haar al staan. Hij gaf haar een dikke zoen, maar tilde haar niet op. Ze keek naar de bleke kale kop van haar favoriete oom en hij keek strak naar haar.

'Weet je dat je echt elke keer dat ik je zie mooier bent, prinsesje?'

Toen Joy twaalf was, net na de eeuwwisseling, keerden papa en mama niet meer terug van vakantie. Zoals elk jaar hadden Bia en Rick haar bij opa en oma gedumpt en waren vierklauwens vertrokken voor welverdiende rust. Ze hadden de auto volgeladen met nostalgische cd's en waren dit keer richting Zwarte Zee gereden, omdat ze niemand kenden die daar ooit geweest was. Het pittoreske Moldavië leek ze wel wat. Ergens diep in de Karpaten waren ze op een besneeuwd bergweggetje getuige van een auto-ongeluk. Ze waren uitgestapt om niets van het schouwspel te missen, maar hadden te laat gemerkt dat de ambulance bij het keren zijn grip op de weg verloor en richting afgrond gleed. Ze stonden precies op de verkeerde plek foto's te maken en werden het ravijn in geduwd. Als een andere toerist niet toevallig alles had gefilmd, zou niemand het hebben geloofd.

Joy bekeek de beelden later keer op keer, ze wilde zeker weten dat haar ouders niet opeens weer uit de diepte tevoorschijn krabbelden.

Oma had voor Joy een stemmig jurkje samengesteld uit Bia's voddenbaal. Zwart natuurlijk. Ze stond bij de twee kisten: hadden die niet wat kleiner gekund? Zo veel was er ook weer niet uit dat ravijn gevist. Ondertussen trok ze haar allesgezicht, want wat moest ze anders.

Joy zat op de voorste rij in het crematorium. Ze voelde de ogen van alle mensen in haar rug prikken. Er werden toespraken gehouden, maar daar luisterde ze eigenlijk niet naar. Mensen die vertellen dat papa en mama zulke fijne mensen waren geweest. Kaarsen. Opa moest huilen. Muziek, natuurlijk weer van die enge Ian Curtis.

Een lange rij in zwart geklede mensen gaf haar later klamme handjes. Ze mompelden wat en legden soms een hand op haar schouder. Een rilling trok door haar rug.

Alleen Peter zakte door zijn knieën, zei: 'Zet 'm op, prinses, ik weet dat je dat kan,' en gaf een knipoog. Mensen vonden dat ze 'haar verdriet zo waardig droeg'. Dat was even schrikken. Dan moest haar allesgezicht niet goed zijn geweest, want ze had zichzelf nog niet op verdriet betrapt. Daar had ze eigenlijk nog niet over nagedacht.

Het goede leven

Na de dood van Rick en Bia kregen de opa's en de oma's de ondankbare taak de opvoeding van het pubertje Joy over te nemen. De vier krasse presenioren hadden het eigenlijk veel te druk. Die van Ricks kant werkten allebei nog, opa op de financiële afdeling van een groothandel in Chinese accessoires.

'Ik snap niet hoe ze het voor dat geld kunnen maken,' zei hij vaak. 'En dat is niet de prijs die wij in de winkel betalen hoor. Winstmarges en zo.'

Opa kon over dit soort zaken opgewonden praten, terwijl oma en Joy elkaar een knipoog gaven. Oma was receptioniste bij een advocatenkantoor. Telkens als ze een bekende crimineel aan de telefoon had, schoten de opvliegers haar naar het hoofd. Hun vrije tijd verdeelden ze over tennis, leesclub en hygiënische partnerruilavonden. Vooral opa genoot van dit laatste: dan kamde hij zijn haar lekker nonchalant in de war, trok een sportief overhemd aan dat zijn vrouw bij Wehkamp had besteld en ruilde zijn partner zo snel mogelijk in voor een ander. Oma had haar pogingen om op zulke avonden een man te vinden die wél uren over poëzie wilde praten, snel opgegeven en zich op witte port gestort. Ze had zelf de indruk dat ze daar woest aantrekkelijk van werd.

De ouders van Bia hadden minder verplichtingen, maar wisten hun tijd ook goed te vullen. Opa had zijn bedrijf verkocht en was een amoureuze relatie aangegaan met zijn zeiljacht. Oma en Joy mochten wel eens meevaren, en dan riep opa dingen als 'strak opteffen', 'pas op voor de gijp' en 'hou die waffer op stuurboord in de gaten'. Daarnaast had hij een leuk programma om videobeelden te digitaliseren, zeer geschikt om avonden lang boven te kunnen zitten computeren. Oma werkte drie dagen per week in de reformwinkel waar ze onbespotengroenteabonnementen, sojameuk en pro-Palestina-armbanden verkocht. Dat gaf haar een weldadig gevoel; ze vertelde immers vaak dat ze blij was 'een steentje bij te kunnen dragen'.

Het sprak na een avondje overleg voor zich dat de ouders van Rick eronderuit muisden en dat Joy formeel onder voogdij van de andere twee werd gesteld. Toen dit met Joy besproken werd en opa het meisje vroeg hoe ze dat zou vinden, antwoordde ze: 'Shit!' Dat bleek een benaming voor iets positiefs te zijn, en opa en oma besloten zich wat meer te verdiepen in de jongerencultuur en straattaal. Joy vond het vet gênant als haar oma haar op straat opeens aanstootte, naar een bekende wees en 'Check deze!' riep. En toen opa zijn gedegen bootschoenen inruilde voor snelle Puma's, werd ze zelfs een beetje onpasselijk. Maar opa en oma toonden in enkele maanden meer interesse in haar en haar leven dan Rick en Bia in de twaalf jaar ervoor.

Oma stuurde haar naar een school waar ze helemaal zelf mocht bepalen wanneer en of ze iets deed. Ze hadden er alle begrip voor als je de hele middag in het park wilde blowen, en als je voor natuurkunde een verslag wilde schrijven over tai chi, DJ Tiësto en zwaartekracht, kreeg dat megarespect. Op de boot van opa lekker de *rich bitch* spelen door met vriendinnetjes breezers te drinken of topless op het dek te liggen zonnen, door je *supersized* zonnebril spiedend naar jongens die je borstjes begluurden.

Soms, als alleen de wetenschap dat ze bekeken werd niet genoeg was, ging ze rechtop zitten, zette haar zonnebril af en keek zo'n jongen recht aan. Meestal trok die dan vlug zijn hand uit zijn zwembroek en dook snel weg. Maar Joy riep hem, steeds luider en duidelijker. Uiteindelijk reageerde zo'n stiekemerd wel, omdat hij geen weerstand kon bieden aan 'Ewa, rooie met je zwembroek, als je toch bijna gaat poppen, doe dat dan hier, dotie swa! Ja, jij daar achter de reling van de *Seagull* met je dikke tollie, ik heb je echt wel gespot!' Dan nog langer platgedrukt op het dek blijven liggen, is vragen om meer problemen.

De desbetreffende rooie stak zijn kop boven de boord en zwaaide als een, ja, precies als een betrapt rukkertje. Joy wenkte, sommeerde hem naar haar boot te komen. Voetje voor voetje, alsof hij bang was straf te krijgen van dat meisje met die lekkere bumpers, jezes ja, straf, liep hij met de punt van zijn Speedo voorop over de loopplank. Joy beval hem de kajuit in te gaan, waarna ze achter hem het trappetje afliep.

Eenmaal benedendeks moest hij gaan zitten en pakte Joy twee breezers uit het koelkastje. Ze gaf hem er eentje, die hij gelijk tegen zijn broekgroei drukte. Ze vroeg waar hij zo geconcentreerd naar had zitten kijken. Ze had nog steeds geen bikini aan, en ze begreep best dat die jongen niet uit zijn woorden kon komen. Een handje helpen dan maar.

'Zijn het deze? Of is het eigenlijk dit?' Ze liet haar vingers tussen haar dijen glijden.

'A'aight,' stamelde de jongen, 'je weet toch...'

Joy wreef met het flesje over haar kruis. 'Ik vind het geil als je naar mijn poenie kijkt.' Ze begon te kreunen en wreef met haar vrije hand over haar borstjes. Daar had je het al: de jongen kon niet blijven zitten en zette een paar stappen in haar richting.

'Nee lauwe bobbel, je gaat me echt niet aanraken! Je mag checken en met je bana spelen.' Ze trok haar broekje uit en vingerde zich, terwijl ze haar blik strak op de masturberende jongen hield. Toen ze zag dat hij klaar ging komen, kon ook zij zich niet meer inhouden.

'Zo, dat was lekker. En nou lossoe.'

Track 1: Memoires van een standbeeld

(...) Als standbeeld ben je je wel degelijk bewust van de weersomstandigheden. De winter is het ergst. Je wordt wakker met een laagje ijs over je oogleden waardoor je de hele dag niet scherp kan zien. Het wordt bovendien laat licht, zodat je zelf nauwelijks zichtbaar bent voor de mensen die langslopen. Die concentreren zich ook nog eens op de weg, bang om uit te glijden. 's Middags begint het te regenen, vlijmscherpe koude kogeltjes die op je huid blijven liggen. Ze wurmen zich een weg door je poriën en gaan daar uiterst tevreden zitten te bevriezen, waardoor ze uitzetten en je opperhuid proberen open te rijten. De pijn is ondraaglijk. Je bent te benijden als je iemand van niveau voorstelt of op de gevel van een imposant gebouw staat, dan gaan rond vijf uur de bouwlampen bij je voeten aan. Door die hitte smelt de pijn langzaam weg, en je wordt tenminste weer zichtbaar.

(...) In een museum ben je niet per se beter af. 's Nachts krioelen de muizen om je heen, wrijven zich tegen je blote voeten, schijten op je voetstuk. Nachtwakers lopen je voorbij zonder je een blik toe te werpen. Soms zie je een inbreker, maar die is over het algemeen te lui om met je te gaan slepen en kiest voor de makkelijke weg door schilderijen uit lijsten te snijden. Al schijnt daar met de stijgende bronsprijs verandering in te komen. En overdag slaat het gepeupel toe. Geborneerde klootzakken die je

afkeurend bekijken of zelfs negeren. Hordes schoolkinderen die je piemeltje uitlachen en je aan willen raken met hun kleverige tengeltjes. Toeristen proberen het patina van je lijf te flitsen. Mensen leveren hardop commentaar, ze vinden je niet realistisch, terwijl je werkelijk niet begrijpt waarom de natuur deze gedrochten niet al veel eerder heeft uitgeschakeld.

De kleine prins

Kent u die mop van de herder en de manager? Nee? Misschien vertel ik hem nog wel eens. Zo leuk is hij ook weer niet. Wij interim-managers zouden geen idee hebben wat we doen. Zo zit het niet. We zijn selectief. We werken op een metaniveau. En zonder ons wordt het een rommeltje. Maakt niet uit hoe goed je in je vak bent, hoe uniek je product is en hoe zonneklaar de zaken er voor jou bijliggen. Als je de bedrijfsprocessen niet op orde hebt, als je de vertaalslag naar de banken niet kan maken, word je geradbraakt en gekielhaald.

Een manager kan tellen en spreekt de lingua franca van het geld. Zie ons als glijmiddel. Daar moet je niet te laat gebruik van maken en nooit op bezuinigen. *If you're good at something, never do it for free*. We hebben een dure smaak.

Ik ben enig kind. Hoe hard mijn ouders ook geprobeerd hebben een broertje of zusje te maken, het is ze nooit gelukt – pillen, kolfjes en yoghurt ten spijt. Ik was hun toevalstreffertje, hun lotje uit de loterij, hun verwenprojectje en andere adembenemende koosnaampjes: ze gebruikten bijna nooit mijn echte naam. Opa mocht zijn geliefde sigaartjes niet in mijn buurt roken, zelfs niet als we buiten waren. Dat was jaren zeventig, toen roken nog lang niet zo dodelijk was als nu. De nagels van onze kat werden zo kort geknipt dat het beest na een duwtje stuurloos over het parket zeilde. Die is ook niet erg oud geworden. Zodra mijn moeder op school een besmettelijke ziekte vermoedde, hield ze me twee weken thuis. De inspectie kon redetwisten, dreigen of flemen, moeder bleef onverzettelijk. Het liefst had ze me na de eerste uitbraak van rodehond levenslang privéonderwijs laten volgen. Ik had nog zijwieltjes op mijn fiets toen mijn klasgenoten al droomden van een brommer. Ik werd ver gehouden van alle plaatsen waar pedofielen en ontvoerders achter bosjes liggen, zoals de scouting, het zwembad en de kerk. Ik leerde de omgeving op een praktische wijze te lezen: een bos is een verstopplaats voor een verkrachter; een paddenstoel is zeker giftig; een dakloze is per definitie een junk met besmette spuiten; een taxichauffeur is een maniak die het liefst mensen onder zijn wielen vermaalt.

Toen ik klein was, doolde ik vaak door het huis van mijn oma. Als we daar op bezoek gingen, liet ik de plichtplegingen van theedrinken en kletsen over kwaaltjes graag aan papa en mama over. Uit beleefdheid en voor de stroopwafel wilde ik mijn goede wil wel tonen gedurende de tijd die het kost om een glas limonade achterover te slaan, maar dan was het ook mooi geweest.

Het huis van oma was een groot en donker blok geheimzinnigheid waar, als je maar goed zocht, overal leven viel te ontdekken. En zoeken kon ik. Het huis leek zijn geheimen alleen aan mij prijs te willen geven – hoe kon het anders dat ik voorwerpen aantrof die iedereen al jaren kwijt was of niemand ooit had gezien? Onder een lade van het bureautje dat in een bestofte kinderkamer stond, vond ik twee oude singeltjes van de Stones, *19th Nervous Breakdown* en *(I can't get no) Satisfaction*, die mijn moeder gelukzalig omarmde, want ze meende dat die weggegooid waren. In de slaapkamer van oma, onder in de kast, vond ik een doosje met brieven in een vreemde taal en een foto van een serieus kijkende meneer in een uniform.

'Ouwe rommel,' zei oma toen ze het doosje snel van me afpakte en in de vuilnisbak gooide. 'O, die jicht toch. Gelukkig ga ik deze week naar een specialist, ik hoop dat die nog wat kan betekenen voor dit ouwe lijf. Ga jij maar zoet op zolder spelen,' zei ze vervolgens iets te hard en ze gaf me een duwtje tegen mijn achterhoofd, richting trap.

De zolder was het mooist. Het licht kwam door een vies raampje en van een peertje dat je aan kon doen door een fikse bakelieten knop een draai te geven, tot je een droge harde klik hoorde.

Toen ik voor het eerst op de zolder kwam, zoemde het lampje al en flakkerde het soms, maar deze keer was het wel zeer ernstig. Eén felle tik en het licht was uit. Nu moest ik bijna op de tast verder. Gelukkig kende ik de weg op mijn duimpje. Een hand voor me uit om de spinnenwebben weg te klauwen voor ze in mijn haar doken – want wanneer ik als een verstoft monster beneden zou komen, mocht ik zeker nooit meer naar boven. Links achterin stond een dressoir met fotoboeken en geheimzinnige voorwerpen, maar het bleek te donker om alles te pakken, om en om te keren en alle knopjes in te drukken, draadjes los te peuteren of anderszins per ongeluk kapot te maken.

Ik ging in de oude rotan stoel zitten en keek naar het raampje dat wat licht doorliet. Mijn ogen wenden snel aan dat lichtpunt, waardoor ik de rest van de ruimte juist slechter zag. Aan weerszijden van het raam waren nu donkergrijze vlakken waarin ik slechts met moeite vormen kon onderscheiden. Langzaam weekte ik de contouren los uit de duisternis.

Opeens zag ik een vent naar me loeren. Natuurlijk, die had het licht gesaboteerd en wachtte op het juiste moment om mij te bespringen en te verscheuren! Een machtige schreeuw bolde mijn borstkas, maar uit mijn keel kwam alleen wat hees gepiep. Daar was de linkmiegel duidelijk niet van onder de indruk.

Na een minuutje, waarin mijn hartslag zakte van op hol tot galop, had de moordenaar nog steeds geen aanstalten gemaakt mijn kleren uit te trekken en me te wurgen, overeenkomstig mijn vaders bezwering dat vreemde mannen nu eenmaal niets liever deden dan dat. Had ik me dan vergist?

Inderdaad, oma's oude paspop was heus niet zo moordzuchtig. Ik zette het ding in het midden van de ruimte en ging weer zitten. Nu zag ik hem duidelijk, in een lijst van diffuus licht. Een metalen onderstel op wieltjes, daarboven een torso zonder armen en hoofd. Alsof de pop zelf het slachtoffer was geweest van een gek met een kettingzaag die de romp op een staak had gespietst. Ik zag het begin van de hals, de tepelloze borsten en de aanzet tot de heupen. Als ik de pop draaide, zag ik de iets holle rug en het begin van de billen. Ik bleef de pop steeds een beetje draaien om hetzelfde net iets anders te zien, tot mijn moeder ongerust boven kwam om te kijken wat ik daar allemaal in het donker uitspookte.

Ze trof me aan terwijl ik in de stoel dromerig voor me uit zat te staren, en nam haar schatje onder het prevelen van lieve woordjes mee naar beneden. 'Het is nu echt tijd om te gaan, prinsje, maar we komen heus wel snel terug hoor.'

Op mijn twintigste, toen ik tweedejaars bedrijfskunde was, kreeg ik een hartstilstand. Zomaar, in een winkelstraat. Vanuit het niets voelde ik een koude hand mijn hart vastpakken en fijnknijpen. Ik voelde het leven tussen mijn vingers door spuiten en zag de straatstenen op me af komen.

Gelukkig was de ambulance er snel en reageerde ik op de reanimatie. Ik schrok wakker, zag allemaal nerveuze mensen om me heen en een beul in een wit pak met twee knetterende accu's in zijn klauwen.

Ik schijn gelijk weer flauwgevallen te zijn en ben naar het ziekenhuis vervoerd. Daar konden ze na een cardio-onderzoek vaststellen dat er een ongerechtigheid in mijn hartkamer zat, die een hartklep gedeeltelijk blokkeerde. Een operatie zou reuze riskant zijn, wist een flitsende macho in een witte jas te melden. Maar hiermee doorlopen, nou, dan schatte hij de kans op recidive op ongeveer vijftig procent binnen een half jaar en tachtig procent binnen anderhalf jaar.

Je krijgt altijd van die leuke dilemma's in een ziekenhuis. Misschien dood nu, misschien dood straks. Kans op probleemloos voortleven zónder operatie, of kans op probleemloos voortleven mét operatie. Zeg het maar. Enerzijds vertrouwde ik die clichéchirurg niet; ik verdacht hem ervan indruk te willen maken op collega's en dwepende assistenten, door op mij te gaan experimenteren. Anderzijds vreesde ik de verlammende wetenschap elk moment weer ineen te kunnen stuiken. Als je de mensen die je zo'n keuze voorleggen niet intuïtief vertrouwt, ben je geneigd in de contramine te gaan. Een dokter die de hele tijd naar zijn pieper zit te kijken, laat ik niet in me snijden. Je legt je leven alleen in handen van iemand van wie je gelooft dat hij het beste met je voor heeft. Mijn ouders, behept met een ongegrond vertrouwen in mensen die een stethoscoop om hun nek hebben hangen, wisten me uiteindelijk te overtuigen de operatie te kiezen.

De dokter met de reisfolderkop sneed mij lek, zaagde mij open, naaide mij dicht en verdween om een belangwekkend artikel te schrijven voor een medisch tijdschrift.

In mijn hartkamer had hij een versteende embryo aangetroffen. Zijn hypothese was dat ik kortstondig deel had uitgemaakt van een tweeling, dat er vrij snel na de bevruchting iets mis was gegaan met de celdeling en dat de andere embryo na het afsterven was geïncorporeerd door mijn vraatzuchtig groeiende foetus en daarbinnen rustig was versteend. Het was eigenlijk een wonder dat dit steentje pas na meer dan twintig jaar voor problemen had gezorgd. De dokter keek er zo geleerd bij dat ik hem geloofde, denk ik.

Ondanks mijn voorspoedig herstel waren mijn ouders ontroostbaar. Alsof ik hun tweede kind eigenhandig had vermoord, of erger nog: voor mezelf had proberen te houden. Ik denk niet dat ze het zo bedoelden, maar ik verdacht mijn moeder ervan elk moment iets te kunnen grienen als 'We zijn een dochter kwijt, maar we hebben er een zoon voor terug'.

En ik? Ik voelde een leegte in mijn hart die ik nooit eerder had gevoeld, alsof er een deel van mezelf was weggehaald.

Joy in love

Joy had een nummer van Beyoncé met Kanye West opgezet en danste door haar kamer. Ze liet zich beurtelings leiden door de flow van de rappers en de stuiterende beats. Ze probeerde wat *rhymes* te onthouden die 't vast vet zouden doen op school. Vorige week ging ze zo hard op '*my milkshake brings all the boys in da yard, its better than yours, your damn right its better than yours... I can teach u but I have 2 charge*' dat het jammer was dat niet één tanga in de klas wist waar Kelis het over had.

Toen ze toevallig naar buiten keek, zag ze daar een man naar haar staan staren terwijl zijn hondje een lantaarnpaal probeerde om te pissen. Ze ging wat dichter bij het raam dansen. Haar bewegingen werden uitbundiger. Ze liet haar tong langs haar lippen glippen. Ze legde haar handen in haar nek en stak haar borstjes vooruit. Toen ze de man zag lachen, begon ze zichzelf te strelen. Eerst langs de zijkant van haar bovenlichaam, vanuit haar oksels naar beneden, tot op haar heupen. Toen kruislings haar borsten, haar hals en weer haar borsten. Handen gleden over haar buik naar beneden. Ze pakte haar T-shirt bij de rand en trok het uit. Toen stak ze haar wijsvinger in haar mond, zoog er even op en trok een nat spoor van haar navel naar boven. Juist toen ze haar tepeltjes tussen haar duimen en wijsvingers wilde nemen, keek de man beneden schichtig opzij, draaide zich om en liep nogal ongemakkelijk weg, terwijl hij de nadruppelende hond ruw achter zich aan sleepte.

Joy sloot de gordijnen, zette de muziek af en ging op bed liggen. Ze zuchtte.

Spoedberaad in de familie. Opa en oma belegden een bilateraaltje met de andere opa en oma. Opa had tijdens het opruimen van zijn harddisk sporen gevonden van Joys avonturen in cyberspace en hoewel hij niet precies wist wat 'lemme CU' en 'COTFLGOHAHA ☺' betekenen, was 'jaaa... geile ga sproei-uh... fok heete teef' expliciet genoeg om daar eens met oma over te gaan praten. Toen die vertelde dat zij hem van haar van verderop, met die hond, die tandarts, hem dus, regelmatig onder Joys slaapkamerraam had zien loeren, begrepen beide snelle senioren dat ze het opvoeden van een puber een beetje verleerd waren.

De andere opa en oma verzetten zich eerst nog tegen een voogdijtransfer, maar waren ook van mening dat een pleeggezin de laatste, zo lang mogelijk uit te stellen optie was. Daarom verhuisde Joy halverwege het eerste decennium van deze eeuw naar een klein kamertje in de knusse eengezinswoning van de ouders van Rick, die ze 'best gewoon Karel en Thea' mocht noemen hoor, 'da's wel zo vertrouwd'.

Dat vertrouwde hield in dat Joy overdag, als ze uit school kwam, eerst gezellig Maurice, die schat van een boxer die haar steevast begroette met een salvo speekselklodders en obsceen bewegend met zijn staartstomp, uit mocht laten, dan een ontdooide verpakking stamppot met zongedroogde tomaten op mocht piepen – Karel moest tennissen en Thea had een nabespreking op kantoor –, de kleffe bende na drie happen aan Maurice voerde en tv keek tot haar grootouders afgepeigerd op de bank ploften en haar naar bed stuurden, waarna ze in het weekend het toppunt van intimiteit bereikten als Joy in bed door de dunne vloer heen duidelijk kon horen hoe de partnerruil beneden, op de ijsberenvacht met tijgermotief, naast de snoeppot met poppers en viagra na een korte tijdspanne van beschaafd keuvelen ontaardde in een atonaal concert van gekreun, vallende flessen witte port, hitsig gegiechel en toiletbezoek, waar Joy dan de geluiden van klepperende kunstgebitten, piepende kunstheupen en schurende rimpels bij kon verzinnen, waarna ze snel de oortjes van de iPod in moest doen en in slaap diende te vallen met de hardste trance-DJ die ze kon vinden.

Dat vertrouwen liep een eerste deuk op toen Joy op een zaterdag een viagrapil en wat GHB door het eten van Maurice had geprakt. Het mormel kon geen andere oplossing voor zijn dierlijke lust vinden dan zich die avond van meet af aan met het gebeuren te bemoeien; dit tot grote irritatie van het bezoekende echtpaar dat weliswaar alles wilde proberen, maar zich genoodzaakt zag hier een grens te trekken – 'dat doettie anders zeker nooit?' Toen de hond met gepast geweld de kamer uit werd geschopt, leefde hij zich eerst uit op de jassen aan de kapstok en ging daarna een uur op de gang staan janken en blaffen, tot tevredenheid van Joy en razernij van de anderen.

De tweede vertrouwensbreuk had iets te maken met het jeukpoeder dat Joy zorgvuldig in de ijsbeer had gewreven.

Van vertrouwen en gezelligheid was definitief geen sprake meer toen Joy – nadat ze het plan alle condooms in het partnerruilkastje te vervangen door DarkGliders® XXXL ('Big Black As Fuck!') had laten varen omdat ze daar te weinig zakgeld voor kreeg – een keer om elf uur 's avonds de woonkamer in was gelopen, gehuld in bijna niets, en na overtuigend verbazing gespeeld te hebben bij het aanschouwen van de verwarde permanenten en machtig zwoegende welvaartsbuiken, vroeg of ze wellicht kon helpen. De bezoekende man was binnen een seconde zijn aandacht voor Thea kwijt. En het was voor iedereen zichtbaar dat hij ook zijn erectieproblemen kwijt was.

Joy de vivre

Het speet Karel en Thea echt heel erg, verzekerden ze Joy met de hand op het hart en de vingers achter hun rug gekruist, maar ze zagen zich niet opgewassen tegen de situatie. Het zat namelijk zo, en het was voor hen ook niet makkelijk en dat ze het ook eens van hun kant moest bekijken, daar was ze nu groot genoeg voor.

De afscheidskus van opa en oma kwam aan als een enorme rotschop: Joy vond zichzelf een paar meter verderop terug op het trottoir, enkele opengebarsten koffers om zich heen. Ze begon de rommel van de stoep te rapen en terug te proppen in de koffers. Dit moest er toch wel zielig uitzien: een meisje dat op haar knieën over straat schuifelt om knuffels, cd's en de onderdelen van een iPod bijeen te scharrelen.

Ze vermoedde dat ze leek op een hongerig kind dat zich een weg baant door een massagraf, op zoek naar verse maden. Hopelijk heeft het arme kind door dit eiwitrijke voedsel nog een kans de volgende dag te halen, weer een dag dat ze helemaal alleen voedsel moet zoeken voor haar broertjes en zusjes. Dit meisje heeft de hoerenloper die haar vader was, nooit gekend en haar moeder is enkele weken geleden door een politiek bevlogen machetebende in plakjes gehakt.

Dat soort dingen gebeuren, wist Joy, en ze begreep dat de buren vanachter de lamellen soortgelijke gedachten hadden, maar als ze heel eerlijk was, vond ze zichzelf helemaal niet zielig. Misschien keek ze wat sip, maar dat had te maken met het arme meisje dat tussen rottende lijken probeerde te overleven. *No spang* – vanaf nu werd alles alleen maar leuker. En die vergelijking was eigenlijk vet overdreven.

Ze krabbelde op om de straat haar rechte rug te tonen, pakte twee willekeurige koffers en wandelde aperelaxed naar een vriendin. 'Natuurlijk mag je een tijdje blijven logeren,' zei de vader en hij rende naar de slaapkamer om te telefoneren.

Zo rond het moment dat de oudere broer van Joys vriendinnetje het plan opvatte om per ongeluk de badkamer binnen te komen als Joy aan het douchen was – na drie dagen dus, werd Joy opgehaald door twee dames die alleraardigst bleven herhalen dat ze het allerbeste met Joy voorhadden, dat ze begrip hadden voor en dat ze alles in het werk zouden stellen om. Daarbij keek de ene mevrouw alsof ze gisteren een pornoboekje op de kamer van haar keurige zoon had gevonden: de wenkbrauwen dicht bij de haargrens en het mondje trillend van gereformeerde verontwaardiging. De tweede dame, die voornamelijk het woord voerde, moest in een vorig leven cliniclown zijn geweest, gezien haar rode neus, klaaglijke gebaren en naderende huilbui.

Joy kon een giechel niet onderdrukken, wat door de dames werd aangezien voor verdringing van iets heel vreselijks. Schrijf op dan: 'Uitgebreid onderzoek gewenst.' En Joy, de arme lieve schat, moest nu maar snel met hen meekomen, dan zouden ze gaan zorgen dat alles goed zou komen.

Joy werd hartverwarmend welkom geheten in een circuit van mensen die het goed bedoelden maar haar volstrekt niet begrepen. Dat laatste vond zijzelf; de goedbedoelers meenden dat ze dwars door haar heen konden kijken. Glashelder. Hoe hard Joy ook probeerde krassen of barsten in dat venster te maken. Dan prevelde men, noteerde iets en glimlachte geruststellend.

De twee emotioneel bovenmatig ontwikkelde dames die

haar hadden opgehaald, brachten haar voor de overbruggingsperiode naar een blijf-van-mijn-lijfhuis. In de knustruttige woonkamer werd ze direct uitgehoord door ervaringsdeskundigen die haar bezwoeren dat lotgenoten van alles kunnen delen. In eerste instantie leek dat een huis voor mensen die wilden dat er van hun lijf gebleven werd, maar al snel bleek dat er alleen vrouwen waren wier lichaam wel degelijk aangeraakt was.

Toen ze in dit gezelschap vertelde dat niemand haar ooit geraakt had, laat staan aangeraakt, antwoordden de vrouwen dat ze zelf ook eerst door die muur van verdringing hadden moeten breken voordat ze zich bloot durfden te geven.

Wat de fok: om zich bloot te geven hoefde zij niet meer muren te doorbreken dan de firewall van haar computer.

Kortom: ze begreep er niets van, ze was als een konijn dat in het bos overal televisietoestellen aantreft waarop praatprogramma's worden getoond, maar zoals de meeste konijnen had ze geen idee hoe ze daarop moest reageren en daarom bleef ze maar een beetje beduusd voor zich uit staren.

En als je twee dingen niet moet doen op zo'n plek, dan is het je kleren uittrekken en beduusd voor je uit staren. Daar reageren deskundigen over het algemeen nogal alert op, merkte Joy te laat op. Volgen: vragenlijsten en gesprekken. Zo nu en dan vertelde iemand Joy wat er met Joy gebeurd was, waarom Joy deed zoals Joy deed, wat er eigenlijk met Joy aan de hand was, wat dat voor Joys verdere leven zou gaan betekenen en dat dat heel natuurlijk is van Joy.

Of Joy dat een beetje begreep? Ze had al snel geleerd op het juiste moment 'Ja mevrouw' te zeggen. Ze begreep het wel, maar snapte er niets van. Alleen, 'nee' is om moeilijkheden vragen. Dan begon het hele verhaal opnieuw. Je kwam geen stap verder als je niet het gewenste antwoord gaf: 'U hebt gelijk. Mag ik nu gaan?'

Dat sociaal gewenste gebabbel bleek toch niet zonder consequenties te blijven. Toen haar eerste opa en oma haar bezochten, waren ze ernstiger dan Joy ze ooit gezien had. Ze putten zich uit in verontschuldigingen: 'Sorry dat we dit niet aan hadden zien komen', 'Dat we dit met jou hebben laten gebeuren', en ten slotte: 'Ik had het altijd wel gedacht van die perverse maniakken...'

Dit ging Joy toch echt te ver. Op de eerste scherpe toon in weken eiste ze eindelijk opheldering. Waar ging het fokking over? Opa en oma trokken het gezicht dat mensen nu eenmaal trekken als ze een getraumatiseerd persoon tegenover zich rare dingen horen zeggen, maar Joy liet zich nu niet meer afschepen. Afgelopen met die scheve blikken van mensen die zogenaamd door haar heen konden kijken.

Na veel trekwerk vertelde oma dat Karel en Thea beschuldigd werden van allerlei verderfelijke misdaden met Joy als slachtoffer. Op basis van haar verklaringen en de collectie tril-, splijt- en zuighulpstukken die bij een huiszoeking werden aangetroffen, meende het Openbaar Ministerie nu een zaak te hebben, volgens een betrouwbaar dagblad.

Joy kon zich geen verklaring herinneren. Het duurde een tijdje voor ze besefte dat haar geja-en-amen niet als 'Zeik niet aan mijn kop & gelieve op te teffen' was begrepen, maar als 'Duw me in de stront'. Dat was niet de bedoeling.

Toen ze op straat haar rug had gerecht, had ze dat gedaan om haar kracht te tonen, niet om een misbruikt poepgaatje te ontzien. Zo ging dat dus: één moment je aandacht laten verslappen en je wordt aangezien voor weerloos en zielig. Dat zou haar niet nog eens overkomen.

Ze besloot de zaak eens en voor altijd recht te zetten. Ze schreef een brief waarin ze ontkende ooit slachtoffer van wat dan ook te zijn geweest, haar grootouders vrijpleitte en een sneer uitdeelde naar de onderzoekers, die haar nooit op de vrouw af duidelijke vragen hadden gesteld. Twee gewaarmerkte kopieën van de brief voor het betrouwbare dagblad en voor de advocaat van haar grootouders, wat informatie over Canada ('paradijselijk, ongerept!') door haar kamer laten slingeren, met een enkele koffer het gesticht uit wandelen en de eerste trein naar het buitenland nemen, toevallig Brussel.

'Wat een fatoe,' mompelde ze, 'niemand raakt mij aan', en ze viel in slaap.

Ze zag haar opa opduiken in een clip van Jay-Z: '*I got 99 problems but a bitch ain't one.*' Opa draagt een T-shirt met BROOKLYN erop en een trainingspak van Adidas. Hij rijdt in een zilverkleurige Lexus, Jay zit naast hem. Politie stopt de auto. De agent vraagt: '*Do you know what I'm stopping ya for?*' Opa kijkt gevaarlijk en antwoordt: '*Cuz I'm young and I'm black and my hat's real low?*' Daarna flitsen van basketbal, opa breakdancend, de beats knallen uit een oldskool gettoblaster. Het tempo gaat nog verder omhoog, de beelden jagen steeds sneller over het netvlies. Hondengevecht, doodskisten, bivakmuts.

Hit me!

Track II: Memoires van een standbeeld

(...) Soms ben je ook ontzettend geil of heb je opeens honger. Je kan dan wel rationeel proberen te doen door jezelf te vertellen dat je toch geen hap door je keel krijgt en dat je tussen je benen niet vochtig zult worden of iets zult voelen groeien, maar dat helpt niets. Als je mensen met een ijsje voorbij ziet lopen, of een stelletje dat zich onbespied waant elkaar ziet betasten, dan blijkt dat driftleven vanbinnen zo goed als intact. Dan vervloek je je onbuigzame toestand, zou je van je voetstuk willen springen en de zak frites afpakken, of die mooie voorbijganger de kleren van het lijf scheuren en desnoods met geweld dwingen tot keiharde seks. Dat driftige ebt gelukkig wel weer weg als je beseft wat een gedoe dat zou zijn; met een suikerspin in je hand terug op dat paard klimmen, of zwetend van de bandeloze inspanning weer de Deugdzaamheid uithangen, of met een peuk in je mond je oude vader nogmaals op de schouders nemen om de brandende stad te ontvluchten. Je leert het snel te waarderen, dat hunkeren naar genoegens zonder ze te kunnen botvieren, het werkt als een dynamo: door de wrijving ontstaat spanning die je aandrijft.

Mijn eerste keer

Met drie vrienden op vakantie naar Lissabon, zomer 1997. Vier jongens op zoek naar drank en avontuur. Het was een heksentoer geweest mijn moeder te overtuigen dat ik het wel zou overleven; zelfs het argument dat ik al bijna afgestudeerd was, kon haar aanvankelijk niet overtuigen.

Na meer dan een week alles 'gezellig samen' te hebben gedaan, was ik het strand, de *pastéis de nata* en de schattige trammetjes kotsbeu. Dus toen de anderen op een ochtend aangaven 'even een dagje lekker te willen hangen' in een winkelcentrum in een buitenwijk, meldde ik 'net vandaag even wat musea te willen gaan doen'. Dat moest ik dan maar vooral doen, meesmuilden ze, als ik dat liever wilde dan verdieping na verdieping modezaken in en uit te gaan en een lekkere hamburger te smikkelen. Omdat je onder vrienden de sfeer drie dagen kan bevriezen door iets alleen te willen doen, zei ik snel dat ze ook mee konden gaan. Ze waren van het woord musea al wat pips geworden, dus sloegen ze mijn voorstel af, zoals ik had gehoopt. Een bestuurskundige met interesse voor kunst: zo zout aten ze het niet vaak. Daar nog een elitaire opmerking bovenop en ik had permissie om op te hoepelen naar mijn stoffige rommel. Een dagje dat mijn leven zou gaan bepalen.

Ik betrad een ruime foyer met marmeren vloer, leren fauteuils en kolossale designasbakken. Grote spiegelende ramen sloten de wereld van kunsthaters stijlvol buiten. Mooi uitzicht op de smaakvol ontworpen tuin. Er hing een herdenkingsplaat voor de naamgever van het museum, een Armeen die volgens mijn reisgids een schandalig fortuin bij elkaar geklauwd had door iets schimmigs met olie in het Midden-Oosten te doen.

Als mensen van gekkigheid niet meer weten wat ze met hun geld moeten, gaan ze in een vliegtuigje rond de wereld zweven, de nare filantroop uithangen of kunst verzamelen. Als ze overlijden, komt er een stichting die zich nog honderd jaar bezighoudt met het bevorderen van zweefgedrag in het algemeen, onderwijs in een land waar na elke staatsgreep de scholieren uitgemoord worden, of het opzetten van een museum.

Vooral dat laatste is hinderlijk, omdat het resulteert in een diaspora van middelmatige kunstcollecties die je toch een keer gezien moet hebben om zelf te constateren dat ze drie mooie werken hebben die eigenlijk in een grotemensenmuseum thuishoren, en verder afdankertjes, fletse voorstudies en schabouwelijke troep.

Dit was niet het open vizier waarmee je een museum tegemoet hoort te treden, maar dat was de schuld van het museum – had het maar niet van een benzineboer moeten zijn. Ik ging naar binnen, op zoek naar de twee, drie ontdekkinkjes en bereid de rest straal te negeren.

Eerste observatie: die vent verzamelde alles, van antieke objecten via middeleeuwse wandtapijten tot moderne kunst. Een karakterzwakte.

Tweede observatie: die vent wist zich in te houden. De collectie was overzichtelijk.

Derde observatie: die vent was echt heel erg rijk. Er waren geen koopjes te bekennen.

Dus: niet drie zalen scherven van Chinees porselein, maar een vitrine met vijf intacte vazen uit de Tingdynastie. Drie oosterse tapijten, meer niet, maar wel de grootste en mooiste die ik ooit had gezien. Geen zijvleugel met Hollandse groten, Vlaamse primitieven en beademingsapparatuur halverwege, maar één Rembrandt, één Bouts, één Rubens en één Van der Weyden. Door de beperking zie je de meesters. Voorts enkele impressionisten en nog wat met zorg geselecteerde decorativa.

Ik bleef lang stilstaan bij de beelden van Rodin: de bleke marmeren schijn op de huid, de zinnelijke blikken en de spanning van de spieren. Een man liet zijn hand nonchalant op de heup van een vrouw rusten, terwijl zij haar hand hebberig om zijn nek had geslagen, warm kussend. Of het beeld van een man in monnikspij, die de sleutels van de stad Calais in zijn knuisten hield en daar onverzettelijk bij keek.

Ik werd een beetje misselijk. Een lichte kokhalsneiging die je eigenlijk moet negeren. Toch blijf je eraan denken en daardoor wordt het steeds erger. Ik liet de bordjes *Saída* mijn route bepalen. Op naar de metro.

In een restaurantje bestelde ik gegrilde sardientjes met een fles Casal García en verzonk in gepeins. Wat betekent het om een lichamelijke reactie op kunst te vertonen? Als je zegt dat je van iets walgt, kan je je blik afwenden en is het over. Of je wentelt je met graagte in je afkeer en noemt tergende rommel met beheerst masochisme *camp*. Maar misselijk worden van mooie dingen, dat valt daar volgens mij buiten. Alsof het werk direct ingrijpt op lichamelijke processen als spijsvertering, evenwicht en bloedcirculatie.

De ober, in marmerwit overhemd met vochtplekken onder de oksels, bracht de lunch en haalde me uit mijn gepieker. Ik moest me concentreren op de graatjes en de wijn.

Toen ik met een espresso en een Português Suave aan het uitbuiken was, bleek alle bedruktheid verdwenen. Ik was slechts flauw geworden van de honger. Kunst gedijt niet op een lege maag, dat heeft het gemeen met skischansspringen.

En in tegenstelling tot die hobby, doet kunst het prima op een flesje *vinho verde.*

De volgende etappe op mijn tour langs de culturele hotspots van Lissabon zou het Museu Nacional de Arte Contemporânea worden. Ik merkte na twintig minuten heen en weer lopen dat het museum, zonder de maker van mijn reisgids hiervan op de hoogte te stellen, de naam veranderd had in Museu do Chiado. Ook de collectie was veranderd: de contemporaine kunst was verwijderd. Er was hoofdzakelijk werk van rond de Tweede Wereldoorlog te zien, wat restjes ouder werk en heel veel schreeuwerige doeken met papegaaien. Dit alles in een vooruitstrevende architectuur van trappetjes, de grond in wijzende pijltjes, loopbruggetjes, een buffetje, nog meer neonvogels, overloopjes, schattig patiootje... alles op een mysterieuze manier verlaten.

De museumverzadiging sloeg toe. Mijn kop zat vol kunst – en wijn –, de collectie voldeed niet aan mijn verwachting en ik had pijn aan mijn voeten. Maar ik kon 't niet laten gebeuren dat ik iets zou missen, dus ik verhoogde mijn tempo.

Trappetje, poortje: er kwam geen einde aan. Opeens een doorkijkje: vier zaaltjes na elkaar met de deuren in elkaars verlengde. Dat gaf hoop: even die zalen doorrammen. Een vluchtige blik naar rechts, waar mijn vermoeide kennersblik alleen kitsch zag. Prima, doorlopen.

Toen ik de derde zaal in marcheerde, zag ik in mijn linkerooghoek een donkere man staan, die me met geheven handen op stond te wachten. In een reflex sprong ik een meter naar rechts, mijn hart bonsde. Toen er na drie seconden nog geen stomp voorwerp op mijn hoofd was geslagen, keek ik eens goed naar de man. Het was nog maar een joch en hij glom in het schemerlicht van het raam achter hem. Stomme plek voor een rover, voor het raam. Maar ik bleef op mijn hoede; dat donkere jongens naakt en glimmend in een museum staan, wil nog niet zeggen dat ze geen moordzuchtige plannen hebben.

Hij heeft zijn linkerhand opgeheven, maar houdt geen knuppel vast. Zijn rechterhand houdt een pluk van zijn hoofdhaar vast. Zijn linkerbeen staat recht op de grond, zijn rechter is licht gebogen zodat het rust op de bal van zijn voet. Zijn borstkas heeft goed ontwikkelde spieren. De stand van de armen doet aan wanhoop denken, op z'n minst aan twijfel. De houding van de benen is eerder onverschillig, zelfverzekerd. Zijn licht gedraaide heupen en zijn billen, die wat achteruitsteken, schijnen me koket en zinnelijk toe. De borst is iets vooruitgestoken, met een zekere trots en ijdelheid.

Zijn hoofd is enigszins verwaand opgeheven, maar aan de gespannen spieren in de nek kan ik zien dat het een ongemakkelijke houding is. De mond staat een stukje open, alsof hij zucht of uitademt. De gesloten ogen, ik weet niet of ze melancholie, pijn, vrees, onderwerping of verslagenheid uiten.

Maar nergens zie ik de gêne van iemand die door iedereen bekeken wordt, eerder de trots waarmee hij zijn lichaam aan passanten toont. Voorzichtig leg ik mijn hand op zijn heup, deels om zeker te weten dat hij van brons is, deels om te voelen of de hitte die hij uitstraalt, ook voelbaar is in het materiaal. Hij voelt koud aan, koud als brons, als brons in een ruimte met airconditioning.

Toen ik daar stond, had ik de woorden niet. Met stomheid geslagen heb ik lange tijd om het beeld gehangen. Ik zoog alle details op, ik vrat met mijn ogen het lichaam op; ik bewonderde zijn onbehaarde oksels, zijn navel, zijn kniegewrichten, zijn billen, schouderbladen, de spieren in zijn bovenarm, zijn balzak en prachtige voeten.

Het beeld is ongeveer zo groot als ik, zo'n 1,80 meter, maar door de sokkel komt het iets boven me uit. Zijn licht krullende haar, zijn goed ontwikkelde borst, zijn delicate en sterke vingers, zijn aangespannen kuiten, de holle rug met de graat en de stevige billen, ik voelde dat alles mij overspoelde, dat al mijn gebruikelijke mechanismen om mij tegen kunst te verweren, faalden. Ik voelde brons door mijn aderen en zwellichamen vloeien. Ik voelde mij steeds warmer worden.

Typerend voor mijn verwarring was dat ik pas na lange tijd de wond op zijn voorhoofd ontdekte. Aan de linkerkant, bij de haargrens, heeft hij een diepe snee, een centimeter of drie lang, diagonaal. Door die enige onvolmaaktheid in zijn lichaam wordt je interpretatie gestuurd. Er moet nu wel pijn zijn, dit moet verslagenheid betekenen. Het maakt de viriele soldaat weerloos en het beeld alleen maar wulpser, menselijker, opwindender.

Ik vertelde mezelf telkens dat deze jongen van brons is, nooit van zijn piëdestal zal stappen, me nooit aan zal kijken. Toch kwam ik steeds meer onder de betovering van dit wulpse ding. Erotiek in metaal, of de olijfboom die onmogelijk te beminnen is.

Het moet iets met mijn opvoeding te maken hebben gehad dat ik niet overging tot de schendende daden waar ik op dat moment naar verlangde. Ik wilde zijn spierballen voelen, zijn kuiten aaien, mijn handen op zijn billen leggen, zijn tenen kussen, mijn vinger in de wond op zijn hoofd drukken, tegen zijn lippen blazen, in zijn tepels knijpen, aan zijn oksel ruiken en met mijn hand langs de binnenkant van zijn dijbeen omhoog strelen.

Daarbij, ze zouden hier vast camera's hebben hangen. Ik durfde gewoon niet.

L'Âge d'airain

Parijs, 12 november 1840: Auguste Rodin wordt geboren. Zijn jeugd lang tekent hij. Na driemaal afgewezen te zijn door de prestigieuze École des Beaux-Arts, besluit hij de Petite École te volgen, meer een vakopleiding en zeker geen gegarandeerde toegang tot de kunstwereld. Zijn kunstopvatting ontkiemt daar: de tijd dat de klassieken de bron voor de kunst moeten vormen, is nu echt voorbij. Niet meer het sabbelen op stoffige voorbeelden uit vervlogen tijden, maar de natuur als de leermeester en duvelstoejager van de kunst. En onder natuur verstaat hij geen bloemetjes en watervalletjes, dus ook geen stuwmeren of geciseleerde tuinen, maar de mens zoals die uit de natuur is voortgekomen.

Op de École des Beaux-Arts werken ze met levende modellen, om daar een beeld van een god van te maken – Rodin wil van een mens een mensenbeeld maken.

Parijs, 19 juli 1870: Na een diplomatieke rel over de opvolging van de Spaanse troon verklaart Frankrijk Pruisen eenzijdig de oorlog. De Pruisische eerste minister Otto von Bismarck is op de hoogte van de deplorabele staat van het Franse leger en ziet een mogelijkheid om Elzas-Lotharingen te heroveren.

Het Franse leger is uitgerust met elfmillimeterdonderbussen. Het was niemand opgevallen dat de Pruisische koning Wilhelm een meerderheidsbelang heeft in de munitiefabriek, het Belgische syndicaat Herstal. Een spoedbestelling bereikt het Franse leger dus met een beslissende vertraging, want als Belgen één keer de kans krijgen om in een oorlog neutraal te zijn, dan laten ze ook gelijk hun oren hangen naar de bestbetalende partner. Die Hollandse mentaliteit hadden ze in 1830 niet het land uit geschopt. Daarnaast hoest Pruisen zeker drie keer zo veel manschappen op als de Fransen. Rodin wordt opgeroepen voor de Garde nationale en benoemd tot onderofficier, maar hij zal de hele oorlog geen fatsoenlijk schot lossen. Frankrijk verliest veldslag na veldslag. De overtreffende trap wordt uitgedeeld bij Sedan op 3 september, waar het Franse leger 15 000 doden en gewonden telt, en 91 000 krijgsgevangenen, onder wie Napoleon III.

Daarna belegeren de Pruisen Parijs. De inwoners wachten een aanval af, maar die blijft uit, terwijl de stad afgesloten is van de rest van het land. De winter valt fanatiek in en de belegeraars verhevigen de beschietingen. Alles gaat op rantsoen en de bevolking voedt zich met kat, hond en rat.

Als op 28 januari 1871 de wapenstilstand wordt getekend, tien dagen nadat Wilhelm nota bene in Versailles met veel bombarie tot keizer van heel Duitsland is gekroond, weigeren de Parijzenaars hun wapens in te leveren. Dat het hele land door beroerde organisatie of gebrek aan moed ten prooi is gevallen aan de Duitsers, is heel spijtig, maar Parijs zal standhouden.

Na de wapenstilstand keert Rodin terug naar zijn familie in Parijs, maar hij blijft daar kort. In februari 1871 verhuist hij van Parijs naar Brussel, als assistent-krullendraaier van een beeldhouwer die getierlantijnde werkjes maakt. In Brussel wil zijn werk geen vlucht nemen. Een enkel beeld wordt op een tentoonstelling toegelaten, maar niet door publiek of critici opgemerkt.

De vertegenwoordigers uit Parijs stemmen in de Assemblée nationale voor het voortzetten van de oorlog, want Parijs mag niet alsnog in Pruisische handen vallen. In februari leidt Louis Adolphe Thiers de republiek en om de broze vrede met Duitsland niet te laten verkruimelen, besluit hij de opstand in Parijs eigenhandig neer te slaan. Hij misbruikt de fortificaties van de stad – die hij zelf heeft laten aanleggen om Parijs tegen indringers te beschermen – om de bewoners aan te vallen. Op 17 maart 1871 steelt hij de kanonnen van Montmartre, eigendom van de Parijzenaars, om ze op de opstandelingen te richten. Dit is de vonk die de stad in woede doet oplaaien. De volgende dag wordt de Commune uitgeroepen: Parijs wordt een autonoom republiekje met vrouwenstemrecht, een verbod op kinderarbeid en een absolute scheiding van Kerk en Staat.

In mei sluit Thiers met een verenigd Duitsland het Traité de Francfort, waarin hij Alsace-Lorraine kwijtraakt. Nu moet hij zich volledig op de Parijse opstand werpen. In de bloederige week van 21 tot en met 28 mei veegt hij de Commune de stad uit. Na de laatste veldslagen op Père Lachaise volgen de executies van tienduizenden communards. Thiers wordt op 31 augustus benoemd tot president van Frankrijk.

Parijs heeft de oorlog tegen Pruisen niet verloren, maar werd door haar eigen overheid op de knieën gedwongen en genaaid.

In 1876 besluit Rodin een *grand tour* te maken, een bedevaartstocht naar het summum van de Europese kunst, en vertrekt naar Italië. In Florence ziet hij de David en gaat er volledig in op. Hij laat zich niet afleiden door de onvolkomenheden van het werk: dat het gezicht te jong en te feminien is voor het volwassen mannenlijf en dat het formaat het bijna onmogelijk maakt je voor te stellen dat er een nog veel grotere Goliath tegenover stond. Hij vergeeft het Michelangelo omdat het beeld, ondanks deze leugentjes om schoonheids wil, eerder heldendom dan goddelijkheid uitstraalt.

Hier staat een mens op het punt een grootse prestatie te leveren, niet een god die een trucje gaat uithalen, zich bewust van zijn onfeilbaarheid.

Iets soortgelijks treft Rodin aan in de onvoltooid gebleven beelden van de vier slaven. Hij zal voor zijn Het Bronzen Tijdperk duidelijk lenen van Michelangelo's Schiavo morente. Dit beeld laat qua betekenis niets te gissen over: de naar binnen gedraaide knie, de linkerhand die in smart op het hoofd ligt, de in berusting geloken ogen en de nadruk op de sterfelijkheid die blijkt uit het gefrunnik van de slaaf aan de wond op zijn borstbeen.

Je zou er ook een masochistische interpretatie aan kunnen geven: de gewonde die het verband om zijn borst naar boven heeft geschoven en nu wellustig een vinger in de wond legt – maar dat is zo goed als zeker onzin.

In Rome baant hij zich een weg tussen de toeristen, op zoek naar meer sporen van de maestro. De Sixtijnse kapel. Wat een verstikkende overdaad, wat een protserige kitsch. Maar het plafond maakt alles goed. God, gekleed in een roze overgooier en met een kittig watergolfje in zijn baard, wordt ondersteund door twaalf blote knaapjes terwijl hij zijn arm uitstrekt naar Adam. Die ligt ontspannen op zijn rechterelleboog te leunen en steekt een vlerkje uit naar God, alsof hij de kracht niet op kan brengen het leven in ontvangst te nemen.

Afgaande op zijn atletische lichaam zou dat toch niet zo'n ondraaglijke opgave moeten zijn.

Maar als Rodin voorbij die onwerkelijk schone gezichten kijkt en er niet over valt dat de oude Florentijnse snoeper wat te ver is doorgeschoten in zijn adoratie voor de mannelijke musculatuur, dan... wat een fantastische beheersing van de anatomie en wat een symbolisch gebruik van de handen! Uit één door Michelangelo geschapen hand spreekt meer dan uit het hele werk van een charlatan als Canova.

Van de Eeuwige Stad terug naar de rue du Pont-Neuf in Brussel. De volgende achttien maanden wijdt Rodin zich aan het maken van een sculptuur die de oorlog en de Commune verbeeldt, maar tegelijkertijd zijn eigen overwinning van de Natuur op valse heroïek belichaamt. Als model gebruikt hij de Belgische soldaat Auguste Neyt.

Rodin laat hem eindeloos door het atelier lopen, totdat hij denkt de bewegingen te pakken te hebben. Hij begint Neyts vlees in klei te kneden, probeert de essentie van de mens in die klei te vangen. Langzaam ontstaat onder zijn handen een mens zonder goddelijke krachten, gespierd en toch weerloos. Hoewel lichaam en expressie elkaar al tegenspreken, wil Rodin het beeld opladen met nog meer paradoxen. Hij brengt het beeld een diepe verwonding toe, een snee op het voorhoofd, en hij verschikt nog iets aan de stand van de benen, kantelt het bekken licht. De verwonding en de wulpse houding heffen elkaar niet op, maar smelten samen in het kluwen van symboliek.

In de voorstudies leunt het beeld op een speer, een attribuut dat het direct tot soldaat maakt. Rodin haalt die speer later weg en vergroot zo het raadsel: het is duidelijk dat de man iets in zijn hand heeft dat er in zijn onzichtbaarheid wel bij hoort. Het maakt wel degelijk uit of de kijker een speer, een crucifix of een parasol níét ziet.

Vanaf de eerste dag dat het tentoongesteld wordt, veroorzaakt het beeld een schandaal op het Salon van Brussel. Bezoekers verdringen zich om de naakte man en in de krant wordt beweerd dat Rodin een afgietsel van een mens gemaakt heeft en dus een oplichter is.

Hij besluit België te verlaten en terug te keren naar Parijs, waar hij alles op alles zet om het beeld toegelaten te krijgen tot de belangrijkste tentoonstelling van Europa – het Salon van Parijs. Als hij hoort dat de jury haar bedenkingen heeft bij zijn beeld, stuurt hij bewijzen van echtheid op, maar men verwaardigt zich niet eens de dozen open te maken. Ze laten het beeld toe, het wordt in een akelig donkere hoek geduwd waardoor er nauwelijks meer van te zien is dan dat het een naakte vent voorstelt.

Na enkele dagen barst dan toch de bom. Het Bronzen Tijdperk, zoals Rodin het beeld nu heeft genoemd omdat de vorige titel, De Verslagene, te eenduidig was, wordt het meest bekeken werk van de tentoonstelling – beter nog dan de portretten die cinemadiva Sarah Bernhardt maakte – dankzij, alweer, een krantenartikel. Daarin worden dezelfde beschuldigingen over afgietsels gemaakt als in Brussel, maar er wordt nog aan toegevoegd dat het hier een werkelijk obsceen en walgelijk werk betreft. Dat staat garant voor een golf van aandacht. Rodin maakt zijn naakt zo levensecht dat de fantasie er door geprikkeld raakt, meer dan gesublimeerde goddelijke schoonheid dat kan.

Behalve als oplichter staat Rodin nu ook bekend als viespeuk. De jury beveelt het beeld onmiddellijk van de tentoonstelling te verwijderen. Rodin wordt geadviseerd een gipsafgietsel van Auguste Neyt, foto's en voorstudies op te sturen.

Tegen de tijd dat dit geregeld is, loopt de tentoonstelling op haar eind. Volgens de jury heeft het geen zin meer om de stukken te bestuderen. Na hevig aandringen komt de jury met de verklaring dat 'de commissie er niet van overtuigd [is] dat er bij "L'Âge d'airain" van dhr. Auguste Rodin een vervalsing heeft plaatsgevonden'.

Rond de tijd dat hij een zenuwinzinking nabij is, stelt de commissie voor om Rodin in aanwezigheid van getuigen een meesterproef af te laten leggen om te bewijzen dat hij dit kan: beelden zo natuurgetrouw maken dat ze afgietsels lijken. In enkele uren improviseert hij een kleifiguur, De Wandelende Man, die alle twijfel over zijn vakmanschap wegneemt.

Hierna groeit de belangstelling voor zijn werk. In de rue de Varenne in Parijs, in het huis waar de dichter Rilke zijn secretaris was, is nu een museum gevestigd waar liefhebbers kunnen dwalen in de natuurgetrouwe weelde en hun eigen erotische fantasieën.

Vampire Hunter 3.0

Kunst is niet de allerindividueelste expressie van de allerindividueelste emotie. Als een kunstwerk al op die manier tot stand kan komen – wat ik betwijfel – is het die status zeker kwijt zodra het openbaar wordt. Wanneer een toeschouwer het werk met interesse tot zich neemt, is de kunstenaar zijn allerindividueelste positie kwijt. Daarmee wordt kunst nog niet het tegenovergestelde: een gedeelde expressie. Dit veronderstelt dat publiek en kunstenaar elkaar begrijpen, en dat lijkt me ook onwenselijk, want dat maakt kunst overbodig.

Kunst trekt je naar vreemde werelden, naar plaatsen die je nooit eerder hebt gezien. Uitgestrekte vlaktes, met alles tussen mythologie en de naaimachine met paraplu op een snijtafel; alles tussen de hemelse melodie en het lawaai van de straat, alles tussen een stervende zwaan en een haai op sterk water.

Een kunstwerk wint aan diepgang als je het niet begrijpt. En dan bedoel ik niet zozeer de kunstwerken die gemaakt worden om onbegrijpelijk te lijken, maar juist de kristalheldere stukken die bij nadere beschouwing lang niet zo eenduidig zijn.

Je hebt ze in alle vormen: werken die zich onttrekken aan simpele interpretatie. Als je te dichtbij komt, slaan ze hun lange jas open en fladdert er een zwerm raadsels op die je het zicht beneemt. De makkelijkste oplossing is dan gillend wegrennen en thuis onder de bank wachten tot het veilig is.

Een enkeling gaat de uitdaging aan: je hebt één leven in deze *first-person shooter* en elk level wordt moeilijker. Terwijl je ronddoolt, vind je op verborgen plekken goodies die je helpen de bad guy te verslaan.

Maar het is niet zeker dat je ze allemaal vindt, en ook niet in de juiste volgorde. Je kan maar een beperkt aantal wapens meezeulen. Voortdurend sluip je in tactische cirkels rond die vogelverschrikker. Stuk voor stuk verschalk je de rondvlerkende raadsels – ofwel als ze ondersteboven hangen uit te rusten ofwel wanneer ze in de aanval gaan en zich proberen vast te bijten in je halsslagader – door ze af te zappen, weg te fliffen of zo hard kapot te laseren dat je de schroeiplekken kunt ruiken.

Als je ze allemaal denkt te hebben gehad, probeer je het kunstwerk opnieuw te naderen. Weer slaat het zijn regenjas open en dan blijkt er een laatste raadsel als een vijgenblad overgebleven te zijn. In een vlaag van verdwaasd iconoclasme schiet je je hele arsenaal leeg om dan hijgend te wachten tot de rook is opgetrokken. Op de bodem van de krater ligt alleen nog een in flarden geschoten jas te smeulen. De naakte waarheid is ontsnapt.

Game over. Insert new coins.

Ik was die uitdaging aangegaan met L'Âge d'airain. Het beeld is alles en tegelijkertijd niets. Het is niet de verbeelding van de Franse natie na het smadelijke verlies van de oorlog waar Rodin zelf in vocht, want daarvoor is het te trots. Het is niet de volksgeest van Parijs na de mislukte Commune – die Rodins ouders en zijn minnares van dichtbij hebben meegemaakt terwijl hijzelf in Brussel woonde – want daarvoor is het te wulps. Het is niet de idee van een nieuwe mens die aan de rand van de beschaving staat, want daarvoor is het te direct politiek. Het is niet schoonheid om schoonheids wil, daarvoor is het te gewond. Het is ook niet een stervende slaaf, niet de ontwakende natuur, geen slaapwandelaar, niet het gouden tijdperk van de mensheid, niet de verloren zoon en niet een man die op het punt staat zich te suïcideren.

En natuurlijk is het dat allemaal wel. Het beeld is zo realistisch, naakt, gewond, politiek, trots en wulps dat het zo goed als onmogelijk is een van al deze interpretaties te verwerpen. Ik bleef steken op level vier, ik zag geen doorgang, geen magische sleutel. Ik wist niet hoe ik het moest bestormen.

Eugène Druet maakte in 1912 een prachtige foto van twee beelden op de trap voor Rodins huis. De foto heeft de fantasieloze titel 'Deux «Âge d'airain» devant l'hôtel Biron'.

Aan het linker beeld ontbreekt de rechterarm, de opgestoken hand waar een vlag, een speer of een fakkel in had kunnen staan. Het beeld ziet er verweerd uit, dof en besmeurd. Het staat op een stellage van zes houten kisten en de lichtval is beroerd; het gaat op in de achtergrond, de serredeuren van het huis.

Rechts staat hij. Gaaf, glad. Op een enkele kist, een fractie gedraaid ten opzichte van het eerste beeld. De ongeschonden versie van De Verslagene is treffender dan het andere exemplaar. Dat is verminkt en, inderdaad, verslagen. Het mist de glorie. Welke glorie? Die van Frankrijks roemloze nederlaag? Trots dan. Dit is Frankrijk zoals het altijd geweest is: symboliseer een verloren oorlog door een lichtgewonde krijger, naakt en overwonnen, maar mooier dan welke Duitser ook. De gracieuze en glorieuze verliezer.

Hoewel dat eigenlijk niet strookt met Frankrijks selectieve geheugen als het op oorlog aankomt: de Galliërs zijn de dapperste onder alle volkeren en er was geen Alesia. Wie anders beweert, is een verrader.

Ook als de beeldhouwer het beeld een andere titel geeft, blijft het een schitterende neerslag van geweld, schoonheid en wanhoop.

Een van zijn connotaties losgeweekt juweel, niet vatbaar in gezwets maar voor zichzelf sprekend. Wat het ook wil zeggen.

Beeldenstorm

Toen ik eind augustus 2001 voor een researchverblijf in New York aankwam, belandde ik in een stad met zo'n effectief stratenplan dat het me onmogelijk leek niet te vinden wat ik zocht. Manhattan is gebouwd op een raster en de vierhoeken zijn zo helder gesneden dat je niet kan verdwalen.

Mijn doel was de grootste privéverzameling Rodinbeelden ter wereld. De Cantor Fitzgerald Foundation huist op de 105de verdieping van het World Trade Centre en was verbonden aan Cantor Fitzgerald, een bedrijf dat zich op de vier verdiepingen onder de kunstverzameling bezighoudt met *private equity*, *investment banking* en *asset management*. Ik introduceerde me als kunsthistoricus die onderzoek deed naar de bronsgiettechnieken van Atelier Rodin en overhandigde een ronkende aanbevelingsbrief van een Europese universiteit met een imposant logo.

Al snel bleek dat de Foundation een tamelijk rigide invulling aan het begrip 'privéverzameling' gaf. Ik had al mijn overtuigingskracht en een hoop geduld nodig om tien dagen later ontvangen te mogen worden.

Een koerier leverde in mijn hotel een contract af waarmee de paranoïdie bezworen moest worden: tegen de dertig pagina's met wat ik allemaal moest nalaten en wie ik allemaal beloofde niet voor het gerecht te slepen in geval van hoogtevrees, besmettelijke bronsrot, onverwacht dichtslaande liftdeuren, natuurrampen, seksuele intimidatie, zuurbranden en niet anders gespecificeerde aanslagen. Volgde nog een appendix met copyrightbepalingen, technische eisen aan mijn fotomateriaal en de verplichting de naam van de Cantor Fitzgerald Foundation in mijn publicatie onsmakelijk vaak te vermelden, aldus opgemaakt in tweevoud, gelieve te tekenen: hier, daar, daar en daar. Nadat ik alles per koerier had teruggestuurd, restte me nog een week wachten.

Ik liet me leiden door de stad, genoot van het hoge tempo en de stijlvolle anonimiteit op straat. Zodra je echter een café in loopt, slaat die anonimiteit subiet om. De serveerster begroet je alsof je met haar op school hebt gezeten, stelt zich voor de zekerheid nog even voor en belooft je voor de duur van je verblijf in het café onvoorwaardelijke trouw. Of jij iets wilt drinken, dan gaat jouw goede vriendin dat wel even voor jou regelen. En als ze dan terugkomt, heeft ze onder haar klantvriendelijkste grimas altijd iets smerigs voor jou meegenomen. Ze hoopt oprecht dat jij daar ontzettend van gaat zitten genieten.

Ik bedacht dat het grote gelijk van Peter Stuyvesant om deze stad te ruilen tegen een pond appels en een half dozijn eieren, in de drankcultuur schuilt.

Het is onvoorstelbaar wat New Yorkers achter hun huig kunnen houden: wat die lui als koffie verkopen, schenken ze over uit natte asbakken, de frisdrank is nog gedeeltelijk in poedervorm en brandt sissend in op de ijsklonten, in het bier heeft vrijwel zeker eerst een tuil bloemen gestaan en wat ze daar in een whiskyfles gieten, is verboden door de Conventie van Genève. Een volk dat van maïs probeert iets drinkbaars te maken, verdient het om hard in de kloten te worden geschopt.

Ik wist niet dat ik zo snel op mijn wenken bediend zou worden.

Tijdens mijn slentertochten door de hete stad liep ik in 43rd Street tegen de Duvel-reclameborden op van BXL, een 'bar-restaurant-estaminet' waar men vreselijke mosselen serveerde, de serveerster op Jean-Claude Van Damme leek en ze K's Choice draaiden, maar ik kon dat allemaal wegstrepen tegen de Chimay die ze schonken, de Filliers en de La Chouffe.

Ik voelde mij als een pinguïn die op een meubelboulevard eindelijk een gevuld bad vindt.

Het stratenplan van Manhattan is zo *fucking* rigide opgedeeld dat men conversietabellen heeft kunnen maken om de adressen op de lange avenues af te zetten tegen de zijstraten. Neem een huisnummer op bijvoorbeeld Amsterdam Avenue. Haal het laatste cijfer weg en tel er zestig bij op: bij die zijstraat moet je zijn. Of het Guggenheim Museum op Fifth Avenue nummer 1071: laatste cijfer weg en achttien aftrekken, dus op de hoek met 89th Street.

Ik was verbijsterd. Wat een superieure eliminatie van flexibiliteit! Een stad kan zich niet zo ontwikkelen. Alleen de ijzeren vuist van een stedenbouwkundige kan dat bedenken. In New York zijn de echte *Men in Black* geen jagers op onsympathieke monsters met puilogen, maar in *designer's black* gestoken architecten met buitenaardse opvattingen over recht, orde en vrijheid. Logische structuren aanbrengen in stedelijk gedrag; uitleesbare *biotags* implanteren in menselijk weefsel.

De manager in mij was jaloers.

Nog drie dagen wachten. In theorie kon ik naar het Brooklyn Museum; daar staat mijn beeld ook. Brooklyn Bridge oversteken en een paar haltes met de metro. Toch maar niet. De gedachte dat twee exemplaren van dit unieke beeld op zo'n korte afstand van elkaar staan, deed me pijn. Verderop staat het beeld in een van de drukste musea ter wereld zijn eenzame schoonheid te etaleren voor ongeïnteresseerde toeristenogen, wordt zijn ranke lijf ingevet door kinderen met hotdogtengels, hebben schunnige kunstnichten onterende fantasieën over zijn 'lekkere kontje'. Vertel mij wat: een rode sjaal om en overal etiketten als 'suprematisch' of 'ontzettend getto' op plakken, maar ondertussen zien ze haarscherp voor zich hoe ze hem met zijn hoofd tegen een radiator beuken, hoe het bloed uit zijn snee stroomt. Een hoerenjong, tippelend in straten vol viespeuken.

Ik nam het dat exemplaar kwalijk dat hij zich voor dit soort praktijken leende en besloot hem soeverein te negeren. In plaats daarvan ging ik naar het WTC Observation Deck, het hoogste uitzichtpunt van de stad, op de 110de verdieping van de zuidelijke toren. Het uitzicht is weids en prachtig, misschien wel 'definitely tops' zoals ik naast me hoorde.

Door zo hoog te komen wilde ik niet iets moois zien door er zo ver mogelijk vandaan te zijn, maar juist de pracht zo dicht mogelijk naderen. In de noordelijke toren, op de 105de etage, wachtte een andere kopie op me, een kopie die zich niet door iedereen liet aflikken. Natuurlijk kon ik niet door de spiegelende ruiten kijken en zelfs toen de avond was gevallen, zag ik geen licht branden op de bewuste etage. Ik vond het wel fijn dat hij op die manier werd afgeschermd van nieuwsgierige blikken, maar ik kon de verleiding niet weerstaan om alvast naar hem te loeren, zelfs al kon ik hem niet zien.

Ik had lang genoeg gewacht, nu was het tijd voor de aanval.

Ik bestelde een fatsoenlijke fles champagne om mijn ongeduld te temmen. Toen de bodem van de fles in zicht was, merkte ik dat ik, als ik één oog dichtkneep, bijna met de noordelijke toren kon proosten. Het geluid van kristal op spiegelglas maakte ik er zelf wel bij. De kelner hield me van een afstandje scherp in de gaten, maar ik liet mijn voorpret door niemand bederven.

Terug in het Chelsea Hotel moest de receptionist tot zijn spijt en met de excuses van de manager meedelen dat de airco in een aantal kamers defect was. Ter verkoeling kon hij een tafelventilator aanbieden. Met moeite tilde hij een monstrueus chromen bakbeest op de balie. Het netsnoer zag eruit alsof de ventilator direct na aansluiten keihard in je gezicht zou kortsluiten, maar het vooruitzicht op een snikhete nacht deed mij het aanbod in dank aanvaarden.

Altijd beleefd blijven, je weet tenslotte niet of ze kwaad willen, die Amerikanen in de dienstverlenende sector. Anders gaan ze in je koffie rochelen. Niet dat dat voor de smaak veel uitmaakt, maar toch.

Ik zeulde het retrofuturistische apparaat naar mijn kamer en stelde het bij het voeteneinde van het bed op. De kamer was zo warm dat ik mijn spiegelbeeld zag trillen. Ik kleedde me uit en ging met gespreide armen en benen op bed liggen. Ik probeerde niet te bewegen en zeker niet aan vulkanen en tosti-ijzers te denken.

Elke twintig seconden blies de zwenkende ventilator een stoot lucht over mijn lichaam. Het enige lichaamsdeel dat bewoog, was mijn balzak. Die had er een nachttaak aan om elke twintig seconden mijn testikels naar het lichaam te brengen om ze tegen de kou te beschermen en elke zeven seconden later te besluiten dat het, gezien de hitte, veiliger was om de boel daar juist ver vandaan te laten hangen. Gebiologeerd volgde ik het voortdurende optrekken en afdalen, tot ik er doodmoe van werd. Het laatste wat ik me afvroeg, was of dit trekzakken onverminderd zou doorgaan als ik eenmaal sliep.

Het lichtje-in-de-koelkastdilemma.

Ik dans met een rondbuikige Loewy *fridge* in de balzaal van het hotel. De zaal is voor de helft gevuld, mensen in galakleding draaien rondjes onder de kroonluchters. Anderen staan met een glas in de hand aan de kant voor zich uit te staren.

Niemand spreekt. Ik herken veel mensen. Leonard Cohen walst met Sid Vicious. Rond een dienblad cocktails zitten Mark Twain en Dee Dee Ramone op de grond. Robert Crumb en Gore Vidal snuiven dikke lijnen coke van de schouders van een vrouw die een beetje op Madonna lijkt. John Cale doet alsof hij foto's maakt van Henri Cartier-Bresson. Alan Ginsberg loopt in zichzelf mompelend achter een gerant aan en Dylan Thomas zit in het open raam te roken. Het orkest speelt een walsje, maar gaat langzaam over op iets lichters als een klein kereltje vanachter een palm het podium op komt lopen. De avond is nog jong. Dean Martin neemt een slok uit een Starbuckskartonnetje en *croont*:

> *Like a flower bending in the breeze,*
> *Bend with me, sway with ease,*
> *When we dance you have a way with me,*
> *Stay with me, sway with me ...*

BOEM! BOEM! De volgende ochtend was het hotel in rep en roer. Personeel en gasten staarden naar flatscreens in de lobby, mensen huilden in telefoons, kreten van ongeloof en radeloosheid stegen op. Ik rende de straat op.

De paniek van de New Yorkers deed de lucht trillen, alsof de mensen kerosine zweetten. Ik rende 7th Avenue af, daarna Broadway, en toen ik op de plaats van de torens aankwam, zag ik dat de televisiebeelden niet gelogen hadden. De stofwolk maakte het onmogelijk om scherp te zien, maar het was duidelijk zichtbaar dat er iets groots ontbrak.

Ik wist me door het inderhaast aangelegde kordon te bluffen door autoritair met een pasje te zwaaien en een vastberaden & barmhartige blik op te zetten. Ik begaf me tussen het puin, een stap vooruit, twee achteruit. Boven de rokende puinhopen hingen helikopters van de pers, om me heen lagen glassplinters, brokken beton en hompen verwrongen staal. Ik zag stukken meubilair, computers, afgerukte ledematen, ik rook stof, kortsluiting en paniek, ik hoorde schreeuwende mensen en de laatste geluiden uit het gebouw: geknars en gesis.

Natuurlijk geen spoor van mijn beeld. Wat dacht ik ook? Dat ik het gewoon bovenop lichtbeschadigd aan zou treffen, het in mijn armen kon sluiten en het daarna met heldenmoed in veiligheid kon brengen? En zelfs dan. Met een stalen smoel het beeld door het politiekordon kletsen en het op mijn hotelkamer verstoppen? In een lijkkist het land uit smokkelen?

Toen dat allemaal tot me doordrong, werd ik door een agent op mijn schouder getikt. Waar die klabak de tijd vandaan haalde om andere mensen in de gaten te houden, was me een raadsel, maar hij had gemerkt dat ik doelloos rondliep en me niet bezighield met dappere reddingsacties. Met wat bars gebrom werkte hij me van de prille Ground Zero af.

Pas na dagen wachten op de eerste vluchten naar Europa, dagen waarin ik door de stad doolde als een dodo op zoek naar een ei, zag ik in een krant een foto van mijn beeld. Ik zat op een terras vermoeid de zoveelste loftuiting van burgemeester Giuliani op de brandweer en de politie om te slaan, toen ik op pagina negen het vernietigde doel van mijn reis zag.

Het beeld was net boven zijn enkels van de sokkel geslagen en lag anoniem voorover in het puin. Compositie in glas, rubber en brons. Als een verslagene, als een van de menselijke slachtoffers van de aanslag.

Het was de schurken dus gelukt. Natuurlijk heeft een moordaanslag meer kans als het slachtoffer niets vermoedt en ik wil best toegeven dat een goede moord een frisse wind door de geschiedenis kan blazen, maar dit? Dit vond ik volstrekt... eh... buitenproportioneel. Geef toe: de terroristen wisten niet eens welke toren ze aan moesten vallen. En de kans op *collateral damage* was aanzienlijk. Wat een prutsers.

Het is een eitje de schoonheid van kunst af te schrapen. Kunst is zo kwetsbaar. Dat betekent ook dat kunst kan worden vernieuwd. Door elke verandering aan een kunstwerk ontstaat een nieuw kunstwerk. En dat is niet noodzakelijk mooier of beter. Een opengebroken werk wordt opnieuw blootgelegd. Ik bedoel dat veel kunstwerken omkleed zijn met betekenis, met gevoel en met theorie. Dat kleeft eerst als een schimmellaagje aan het werk, later wordt het een tweede huid. Soms is dat goed, maar vaak verlang ik naar iets wat die schimmel weg kan branden en die tweede huid kan villen.

Ik heb veel begrip voor mensen die na lang nadenken een kunstwerk onherstelbaar verminken. Als werkelijk iedereen bang zou zijn voor Red, Yellow and Blue, dan komen we geen stap verder. Zoals een gebouw verzakt, verslijt en zijn functie verliest, kan het niet slecht zijn als ook boeken, schilderijen en hiphoptracks langzaam worden gesloopt.

Als de vandaal die zijn artistieke visie koste wat 't kost aan anderen wil opleggen, eerlijk en integer is, geef ik hem groot gelijk. Alexander Brener die een gifgroen dollarteken op een

Malevitsj zette? Jazeker. Gerrit-Jan van B. die Barnett Newmans met een aardappelschilmes bewerkte omdat hij niet van abstracte kunst hield? Minder, maar toch.

Het is echter een te resolute actie. Je vernietigt namelijk ook het vergelijkingsmateriaal. Zelfs met goede bedoelingen blijft het een kleine beeldenstorm. Als de verkleurde vernislaag van een Rogier van der Weyden wordt weggepeuterd, komt een ander werk tevoorschijn, dat niet appelleert aan ons collectieve geheugen. Wij hebben de Vlaamse primitieven geroemd om hun bedachtzame gebruik van licht en donker en we voelen ons belazerd als dat geklets blijkt te zijn. Als Arthur Evans op Kreta het paleis van koning Minos opgraaft en op basis van de restanten verf besluit de gebouwen hun oorspronkelijke kleur terug te geven, verschieten wij, want oud-Griekse beelden en gebouwen zijn wit. Dat is wat ze zo mooi maakt. Staan we opeens oog in oog met een realistisch beeld van de oudheid, dan moet ons romantisch beeld van die oudheid kantelen.

En dat accepteren we niet, omdat we ons hele leven al weten dat wit = oud-Grieks & zwart = primitief-Vlaams.

Daar is niets op tegen. De waarde van een kunstwerk bestaat alleen in het heden. We kunnen in onze waardering best het verleden van een beeld, symfonie of strip meenemen, of bedenken dat het in de toekomst belangrijk kan worden, maar als we het nú slecht en lelijk vinden, ís het slecht en lelijk, en vroeger misschien geweldig of later eventueel veel geld waard.

Deze gewogen vergelijking, deze verglijdende receptie, komt natuurlijk tot een eind als een kunstwerk ophoudt te bestaan. Zodra je een kunstwerk vernietigt, met de laag schimmel ook de voedingsbodem wegspoelt, dan verdwijnt het referentiekader. Je bent zo boos op een werk dat je er je eigen interpretatie overheen legt, maar je beweegredenen verdwijnen daarmee. Als je direct uithaalt, verliezen schilderijen alles waar je tegen vecht. Je hebt in één klap gewonnen, maar de vijand is verdwenen.

Mn zkt sprmdl

Vrouwen vinden het leuk om bekeken te worden. Zo, dat is gezegd. En nu wat nuancering aanbrengen: tot op zekere hoogte, onder bepaalde omstandigheden en uitzonderingen daargelaten.

Vrouwen geloven zelf het meest in de vrouwelijke schoonheid. De vrouw vindt zichzelf pas vrij als ze zich kan tonen. Het zijn ook altijd vrouwen die in het debat onder de bloedvlag van de emancipatie het hardst roepen dat vrouwen niet in een boerka over straat mogen. Een man ziet dat meer praktisch: misschien heeft die vrouw wel een heel goede reden om zich in sluiers te wikkelen, zoals het figuur van een ampersand. Dat mag van de man best verborgen blijven, of het kan hem niet genoeg schelen. Het is niet dat Europese mannen te weinig hebben om naar te kijken. Wij worden omzwermd door vrouwen die zich volledig blootgeven. De media stimuleren de aangeboren ijdelheid van de vrouw om zich gewillig aan te bieden aan het mannelijke staren en wij zouden wel gek zijn als we het ons niet lekker aan lieten leunen. Kortere rok? Toon ons meer been! Mascara? Geef ons meer wimper! Brazilian wax? Wij willen de totale venusheuvel! Maar geef ons in godsnaam niet de schuld. En bij nader inzien de media ook niet.

In de vrouw zit nu eenmaal een hormoon dat aanzet tot het laten vallen van alle doeken. Als mannen zich ook zo gaan gedragen, kan je er zeker van zijn dat er iets mis is met hun hormoonspiegel. Sporters bij wie de doping uit de oren komt druppelen, acteurs die eigenlijk het liefst de hele dag in een jurk lopen, popmuzikanten die zich zonder make-up niet durven vertonen. Televisiekoks: ook al zo'n verward beroep. Een pornoacteur houdt zijn sokken aan om het laatste restje mannelijkheid te koesteren. Witte sportsokken, alleen omdat vrouwen daarvan gruwen, alleen omdat een vrouw ze nooit aan zou trekken. Maar als strohalm is het toch niet genoeg. Allemaal vrouwen met een penis.

Dit is geen waardeoordeel, integendeel. Ik heb niets tegen vrouwen. Zelfs niet met een penis. Uitgezonderd televisiekoks, dat is onfris volk. Als je zorgvuldig kijkt, zie je de muskieten uit de lucht in de soep vallen. Maar wij mannen, wij kijken nu eenmaal liever dan dat we bekeken worden.

Ik wilde Rodins beeld onherstelbaar verbeteren. Of verminken, dat wist ik nog niet. Als ik het beeld naar het hier en nu wilde halen, kon ik de oude betekenislaag van Frankrijk als verliezer van een of andere vergeten oorlog wegsnijden. Er blijft genoeg over. Daarmee vervalt de noodzaak van een mannelijk figuur. Elk naakt lichaam straalt in zekere mate erotiek uit, maar een vrouwenlijf paart dat aan tastbare schoonheid: lust én gratie, of gewoon mooi én geil. Dan laat ik aspecten als de superieure vlakverdeling en de fijne textuur van het werk nog buiten beschouwing.

Als vrouwen zich graag tonen, is het onbeleefd niet te kijken. En stom. Een vrouw kan een man mooier maken.

Waar moet je beginnen als je een vrouw zoekt? Ik begon met het bezoeken van avonden waar alleenstaanden elkaar vertellen hoe lekker het is om single te zijn maar duidelijk hopen aan de haren te worden weggesleept door iemand die een gezin wil stichten. Ik ben succesvol in zaken, best wel gelukkig, draag mijn trui (Amerikaans duur merk met rebels imago) nonchalant over de schouders en ben hevig geïnteresseerd in cultuur en dat soort dingen. Ik heb een goede opleiding, ben lief voor dieren en in mijn vrije tijd ontplooi ik me zo graag dat ik mezelf iedere maandagochtend weer moet opvouwen.

Kortom, ik verschilde niet van de andere mannen. En eigenlijk ook niet van de vrouwen. Iedereen die ik ontmoette, was óók dol op moderne kunst, deed aan een laffe variant op fitness en had een vijfpits fornuis waarop men graag biologische producten bereidde.

Ik gebruikte hetzelfde lokaas als mijn prooi. Ik werd in webben van leugens gesponnen. Jacht op de jager. Ik werd op zo'n cynische wijze gelokt dat ik alleen schaterlachend weg kon rennen.

Op internet ging het nog omslachtiger. Het duurde een eeuwigheid voordat je een beetje behoorlijk beeld van een vrouw kreeg als je haar in een *chatroom* ontmoette. En als ze dan in het echt niet helemaal aan haar *profile* voldeed, mocht je in je handjes knijpen, want meestal bleek het een harige flikker met een pens.

Ik had een systeem nodig. Wij managers werken graag met modellen, systemen en mallen waar je de werkelijkheid in kan gieten. Alleen zo kan je het toeval dwingen, blijf je de chaos de baas. Een waterdicht systeem dat mij zou leiden naar het hedendaagse equivalent van Rodins verslagen soldaat. Door minutieuze voorbereiding zou ik het toeval mijn kant op dwingen.

Ik zette op een groot vel ruitjespapier een assenstelsel op. Op de horizontale as markeerde ik alle belangrijke gebeurtenissen in het leven van Rodin, dus tussen 1840 en 1917. Op de verticale as de belangrijkste militaire gebeurtenissen van Frankrijk, vanaf de Revolutie in 1789 tot aan de Eerste Wereldoorlog. Vanuit betekenisvolle jaartallen trok ik lijnen recht omhoog en naar rechts. Zo kreeg ik een raster dat ik over de plattegrond van een stad kon leggen.

Ik concentreerde me op de rechthoek die aan de zijkanten werd begrensd door het voltooien van L'Âge d'airain in 1877 en de opdracht een monument voor Honoré de Balzac te maken in 1891, de meest prestigieuze opdracht uit Rodins leven; aan de onderkant afgebakend door de Julirevolutie van 1830 waarin, volgens het schilderij van Eugène Delacroix, de Vrijheid het volk leidt als Marianne met ontblote borsten en de Franse vlag in haar rechterhand. Aan de bovenkant werd het vierkant gesloten door het mislukken van de Commune in 1871.

In deze historisch bepaalde rechthoek moest ik zoeken. Ik reisde naar een stad, kocht een plattegrond, tekende de juiste plek af en zocht daar een hotel. Ik speurde de hele dag. Bezocht winkels, sauna's, restaurants, theaters en cafés. Ik zag elke vrouw. Niet één was goed genoeg. Elke nacht kwam ik in mijn hotelkamer tot de conclusie dat niemand de lege plek kon innemen die het beeld van Rodin in mijn hart achtergelaten had. En elke nacht rende ik naar het toilet om te walgen van die pathetiek. Ik probeerde mezelf te vermannen: er zijn genoeg mooie vrouwen, zou er dan geen kunnen tippen aan de bronzen interpretatie van een nogal vadsige en grofgebouwde soldaat van 130 jaar geleden?

Zo simpel lag het niet. Ik zocht een vrouw die ik een titel moest geven om mijn interpretatie te sturen. Een vrouw die zonder die titel zo allesomvattend is dat alleen haar glimlach al het begrip opslurpt. Die raadselachtiger is dan een dienstregeling, die zich kan aanpassen aan mijn stemming en me tegelijk uitlacht, die me geil en impotent maakt, die afstoot en aantrekt, met een bekken waarin je kan zwemmen en ogen waarin je verdrinkt. Kortom, ik zocht een kunstwerk. Maar ik zocht op de verkeerde plaatsen.

Een kunstwerk is zo vruchtbaar dat het sporen nalaat. Ik

sloeg me voor mijn kop dat ik gedacht had mijn 'evenbeeld' in een willekeurig provinciestadje te kunnen vinden. Een kunstwerk loopt niet door zomaar een stad, je kunt het alleen vinden waar het werd geboren.

'Professie?'

'Interim-manager.'

'...?'

'Luister. U hebt een bedrijf. U hebt een vertrouwensband met uw werknemers. U kunt lezen en schrijven met ze, ze volgen u blindelings. U fuseert. U krijgt targets opgelegd. U dient te voldoen, u dient te matchen. Dat betekent: u dient te ontslaan en te koeioneren. U dient uw collega's in hun smoel te spugen. Men moet harder werken, beter registreren of opsodemieteren. Daar ziet u nogal tegenop, dat is begrijpelijk. Twijfel niet. Huur een interim-manager in. Iedereen richt zijn woede op de brenger van slecht nieuws. Huur mij. Ik kom uw bedrijf binnen zonder enig verstand van uw zaken. Ik lul over poppetjes, ik schuif met posten en ik kijk daar concurrerend bij. Ik ben duur, maar ik ben de boeman die alle nijd en agressie op de schouders neemt. Drie maanden na mijn vertrek ben ik nog steeds de boosdoener. En u? U kunt rustig alle verwijten op mij afschuiven en verder rommelen.'

'Zo dus. En waarom wilt u zich in Brussel vestigen?'

'Dat heb ik zojuist uitgelegd.'

Ik legde het raster over de plattegrond van Brussel. Mijn rechthoek leidde me naar het zuiden van de stad. Daar kocht ik een vervallen pand, de directeurswoning van het militair hospitaal van Elsene, aan de Kroonlaan, op de hoek van de Auguste Rodinlaan. Waar anders? Mijn rastertheorie werkte dus. Hier moest ik mijn plan uitvoeren.

Ik besteedde negen maanden aan het restaureren van het huis. Het werd eind negentiende eeuw gebouwd, maar sinds het hospitaal in 1974 was verhuisd, was er geen noemenswaardig onderhoud meer gepleegd. Toen ik het volledig had gestript, opnieuw van botten en huid had voorzien, smaakvolle make-up en zonnebankteint had aangebracht, betrok ik mijn fort. Omdat ik maar weinig meubels nodig had, bleven de kamers naakt.

Niet het erotiserende naakt van een buikdanseres met een rinkelende heupketting, meer het naakt van aan vleeshaken opgehangen runderkarkassen. De hygiënische kilheid van antiseptisch behandelde tegelwanden, het angstaanjagende wit van een tandartskamer, de hypnotiserende felheid van treinkoplampen.

Het huis en ik hadden langzaam van uiterlijk geruild: na negen maanden straalde het pand, compleet gepleisterd, geboend en gepolitoerd, terwijl mijn aanblik in de spiegel was geruïneerd. Wallen onder mijn ogen, kloven in mijn handen, matte vermoeidheid in mijn verzakte stutten en een huid vol sporen van schimmel, gebrek aan daglicht en langdurige leegstand: ik had het liefdevol van het huis overgenomen. 'Je bent aan vakantie toe...' lispelde de spiegel. Toen ik hem vroeg wie de mooiste van het land was, barstte hij uit in gebulder. Verder wilde hij er uit piëteit niets over kwijt. Ik besloot zijn raad op te volgen en in één moeite door een nieuwe spiegel te kopen.

Februari 1876: Rodin vertrekt voor een maand naar de Eeuwige Stad. Ik had maar te volgen.

De geschiedenis van Rome in honderd hoofdstukken

Als je vanaf het vliegveld van Rome de trein naar het centrum neemt, is het moeilijk voor te stellen dat je de stad van de eeuwige schoonheid nadert. In grauwheid en uitzichtloze ellende verschillen de buitenwijken niet van die in andere steden. Er is geen mediterrane kleurigheid, geen warmbloedige gezelligheid en er zijn geen tijdloze geuren, behalve transpiratie en roest. De bewoners zijn behept met pan-Europees chagrijn: de ontevredenheid ligt als een riolenstelsel onder de wijken en stroomt uit elke kraan, elke fles en elk oog.

Ik knapte zienderogen op en ik voelde me direct op mijn gemak. Hoog boven die grauwheid torent het Burgerpaleis van de Arbeid uit, een vierkant Colosseum dat in de wijk EUR op zijn plek is, maar dat vanuit de trein gezien zijn beladen context mist en daardoor belachelijk alleen staat. VN POPOLO DI POETI DI ARTISTI DI EROI etc. staat in de fries gebeiteld. Een volk van betonblokken van asfaltwegen van likmevestje.

Toen ik het centrum naderde, besefte ik dat je die buitenwijken overal vindt, dat is niet iets om trots op te zijn. Maar een centrum van 2500 jaar oud, daar werd ik wel door overdonderd. Nieuwbouw is nergens te vinden, vooral omdat er niets gesloopt mag worden. Eigenlijk is alleen de Vespa een toevoeging van belang aan het centrum na 1950. Dat levert natuurlijk een openluchtmuseum van jewelste op, waar gladiatoren, kardinalen en andere praalhanzen zonder echt op te vallen voorbij huppelen. Als je een beetje kritisch bent, lach je om Rome, dat uit marmer en ouwel opgetrokken rariteitenkabinet.

Alleen, mij lukte het niet. Ik zwom met open ogen in de toeristische fuik. Alsof ik in een fontein van Bernini zat en de stad zijn schoonheid uit de bek van een dolfijn over me heen spoog. Dan is een doekje gemaakt van cynisme niet voldoende om je te af te drogen.

Een bronzen beeld is klei met een metalen huid van ongeveer drie millimeter dik. Een schilderij is een stuk canvas met hooguit twee millimeter verf. Zo beschouwde ik deze stad ook. Ik nam me voor het dunne laagje schoonheid weg te krabben en een ruïne achter te laten. In de komende maand zou ik alle glans van de gebouwen, borden en mensen afkrabben. Als een parasiet zou ik zelf gaan glanzen en op gaan zwellen. Als een gezwel zou ik de stad uitvreten en een grauw en verteerd karkas achterlaten. De stad zal leeg zijn:

De Spaanse Trappen, de pastrami en Michelangelo Buonarroti.
Enrico Prampolini, de kamperfoelie en het Forum Romanum.
Aldo Moro, Giovanni Battista Piranesi en de prosciutto.
AS Roma, de gezouten kappertjes en Filippo Marinetti.
Lorenzo de' Medici, Oviesse en de zonnebrandcrème.
Enrico Del Debbio, Leonardo da Vinci en de Piramide.
De saltimbocca, Alfa Romeo en Johannes Paulus II.
Het Vaticaan, Giovanni Agnelli, de vitello tonnato.
De Parmaham, de fonteinen en de zakkenrollers.
Santa Maria Maggiore, de salami en Rafaël Santi.
De Burger King, de leren jasjes en de Frangelico.
Versace, Via Appia Antica en de pasta carbonara.
Caligula, Benito Mussolini en Silvio Berlusconi.
Cesare Borgia, de smog en het Circus Maximus.
De Campari, Federico Fellini en de Suikertaart.
De marktpleinen, de tomaten en La Cicciolina.
De Vespa's, de Fernet-Branca en Julius Caesar.
De Engelenburcht, de limoncello en Starbucks.
Tifosi, Trastevere en de thermen van Caracalla.
De toeristen, Domenico Trentacoste en S.P.Q.R.
De jurkjes, de martini en Giuseppe Garibaldi.
De metro, de Rode Brigades en het Pantheon.
De Carabinieri, Pius XII en Eros Ramazzotti.
Italo Svevo, *La Repubblica* en de Catacomben.
Vittorio Emanuele II, Vergilius en Il Gesù.
Pier Paolo Pasolini, Trevi en Nero d'Avola.
De San Pietro, gelati en Giulio Andreotti.
Termini, de espresso en Benedictus XVI.
De sambuca, *Aeneas* en Romano Prodi.
De taxi's, Augustus en de mozzarella.
Het Palasport, Pinocchio en de grappa.
De Tiber, Lacuna Coil en de pizza's.
Fiat, Gladio en Dolce & Gabbana.

Ik sloeg de plank mis. Noem honderd aspecten van een stad en je verzwijgt er duizend. Ik troostte me met de gedachte dat ik, eigenlijk slechts toerist, de randen van de stad toch maar mooi had afgewerkt. Ik kwam hier niet voor de leegte in een bronzen beeld, maar voor de kern van de zaak. Ik wilde vinden wat Rodin hier had gevonden, wat Rome voor anderen verborgen hield, waar de stad een sluier voor hield. Maar tot het echte binnendringen kwam ik niet.

Het leek erop dat Rome zich verschool achter zijn façades, zijn peristilia en marmeren overdaad. Telkens als ik dacht één meter dichterbij te komen, week de stad twee meter achteruit en liet mij niets dan verschroeide aarde. Ik voelde mij een tekenfilmfiguurtje, met uitgestrekte armpjes en beentjes trok ik groeven in de stad.

Maar die vergelijking gaat niet helemaal op, want als een tekenfilmfiguurtje maar lang genoeg rondjes rent, slijpt hij op den duur door de grond en valt een eind, om terecht te komen in een ander niveau waar de rest van het verhaal zich af gaat spelen. Ik had al geoefend op het verdwaasde gezicht – met uitpuilende oogjes – dat ik in dit geval hoorde te trekken. Maar ik viel nergens door.

Het marmer en het canvas waaruit Rome opgebouwd is, bleek zo slijtvast en glibberig dat ik er geen kras in kreeg. Ik was meer het figuurtje dat hard over een gammele brug rent – die natuurlijk instort – en pas na een poosje dapper doorrennen in het luchtledige, in de afgrond stort. Kwamen mijn uitpuilende oogjes toch nog van pas.

Voorbeeld van zo'n uitglijder? Ik liep door het Arte Moderna, links, rechts, overal moderne kunst. Ik stond even stil bij Trentacostes beeld Caino, een jongere versie van De Denker met darmkrampen. Kaïn zit op een rotsblok, knieën tegen elkaar gedrukt en tenen opgekruld, zijn wroeging uit te kakken. Voelsprieten omhoog; ik was warm. Helemaal achter in het museum, in een door daglicht weldadig beschenen ruimte, stond mijn beeld. Als mensen in de zon liggen te bakken, doen ze dat om op dit brons te lijken. Als mensen niet ouder willen worden, doen ze dat om op dit beeld te blijven lijken. Als mensen op een schitterende dag een museum in gaan, doen ze dat om dit beeld te zien. En als mensen dit beeld zien, zijn ze tot rare dingen in staat.

Ik was in zondige gedachten verzonken, toen er nog een bezoeker de zaal in liep. Ze kwam naast me staan en keek. Terwijl ik haar kon ruiken, veranderde ze van museumbezoeker in een mooie vrouw en iets later in het perfecte meisje. Ze wiebelt licht op haar welgevormde hielen, ik zoek een mooie openingszin, ze draait haar wonderbruine oogjes naar me toe, ik heb haar al bijna thuis in Brussel, en dan zegt ze: 'What a beautiful garden, don't you think?'

Nog een voorbeeld? Ik zat te jagen in een discotesque tent, aan een tafeltje waar ik een goed zicht had op de dansvloer en de mensen die binnenkwamen. Misschien droomde ik even weg, misschien danste ze zich wel los van de omgeving, maar opeens zag ik haar. Kip, ik heb je!, dacht ik. Ik schroefde mijn blik vast op haar lichaam, volgde haar heupen, haar ogen, haar armen. Wankelde door haar benen, haar taille en haar handen. Viel voor haar borsten, haar kuiten en haar haren. Dat alles heel onopvallend, dat spreekt voor zich, maar een vrouw heeft een hittegevoelige huid en ze voelde mijn blik in haar rug branden.

Ze wemelde, wentelde en wervelde op de dansvloer, mij tersluiks in de smiezen houdend. Elke keer als haar ogen – o, die ogen! – mijn kant op bliksemden, keek ik weg, maar geen vrouw die dat niet haarfijn aanvoelt.

Mijn keuze was het niet, maar juist na The Prodigy's *Smack My Bitch Up*, keek ze me smachtend aan en maakte het gebaar 'roken?'. Haar blik flitste richting uitgang. Ik zag de getuite lipjes en de vragende oogjes en stond op. Met mijn erectie stootte ik bijna de tafel om, maar dankzij de pijnscheut kon ik zonder gênante bewegingen naar de uitgang lopen.

Op straat, enkele meters buiten gehoorsafstand van de portiers, rookten we enkele sigaretten en praatten over van alles en niks. Zij deed iets en verdiende daar geld mee en ik kletste een beetje langs mijn interim-bezigheden. Ze vroeg me wat ik in Rome zocht. Ik was niet zo eerlijk om 'jou' te antwoorden en vertelde over de *grand tour* die elke kunstenaar eens in zijn leven naar deze stad voert. Ze kwam nog wat dichter bij me staan, want de romantische idee van de kunstenaar als gekwelde ziel die opeens heel rijk kan worden, windt vrouwen enorm op. Als je ergens in dat sprookje nog de vrouw als Muze kwijt kunt, ben je Rafaël zo goed als voorbij.

Vlinderlicht strijkt ze met haar hand over mijn kruis, omdat ze een vuurtje zoekt. Haar lach wordt almaar guller. Haar tanden lijken langer en langer te worden. Ze begint te kirren en omhelst me, drukt haar mond ergens tussen mijn halsslagader en oor, en fluistert met zweterig Italiaans accent dat ze graag voor me wil poseren, liefst zodra *onze* zwangerschap een beetje zichtbaar wordt.

Ik lach en gooi mijn ontsnappingskaart op tafel: dat ik haar graag zou willen doden en in plastic veranderen en haar ten slotte in brons zou willen gieten. Ze rent nog best hard op die naaldhakken.

Brons = Cu+>2%Sn

Het eerste exemplaar van een bronzen beeld maken is een hels karwei tussen stromen gesmolten metaal en duivelshete ovens. Je smeert het oorspronkelijke beeldhouwwerk – of houtsnijwerk, kleimodel, gips – in met een beschermende laag. Dan leg je het beeld in een matrijs die gevuld is met een elastisch goedje. Dat laat je uitharden. Als je het beeld verwijdert, blijft de indruk achter. Die wordt gevuld met vuurvaste klei. Eenmaal opgedroogd heb je een duplicaat van het kunstwerk. Vervolgens schraap je voorzichtig een laagje van het beeld af, overal even dik. Hoe meer je wegschraapt, des te dikker de uiteindelijke bronzen laag wordt.

Als je het beeld nu terugplaatst in de matrijs, is er een ruimte tussen het beeld en de mal. Daar giet je nu hete was in. Weer hard laten worden en je hebt een beeld van klei met een laagje was eroverheen. Je bevestigt nu een stelsel van gietlopen en gietkanaaltjes aan het beeld, waardoor je het vloeibare metaal naar binnen kan laten lopen en lucht en was kunnen ontsnappen.

Daarna breng je een dikke laag fijnkorrelig keramiek of zavel aan op de waslaag, met daar nog eens omheen een metalen coating voorzien van een gietgat bovenin. Het geheel warm je in de oven op tot zo'n zeshonderd graden Celsius, zodat de was wegsmelt. Dan giet je er gesmolten brons in, dat de plaats inneemt van de waslaag.

Als alles eenmaal afgekoeld is, verwijder je de coating en breek je de keramische laag weg. Je haalt de gietlopen en gietkanaaltjes weg en ciseleert en polijst het bronzen beeld totdat je geen sporen van de hulpmiddelen meer ziet. Na het drijven kan je het beeld met oxides nog een gewenst patina geven.

Je hebt nu een exacte kopie van het kunstwerk in brons. Onder dat bronzen laagje zit niet het echte beeld, maar een reproductie ervan in klei. Het oorspronkelijke beeld, het model versie 1.0, het origineel, schuilt dus niet in je meesterwerk, maar elders. Dat krijgt de museumbezoeker niet te zien. Elke kunstenaar beschouwt het publiek als potentiële beeldenstormers en houdt het origineel veilig achter.

In plaats daarvan schuift hij de kopie naar voren als het echte kunstwerk, het esthetische hoogtepunt.

'Pas in brons,' beweert hij dan, 'komt mijn beeld tot zijn recht.'

Dat beeld is echter niet zijn werk. Dat heeft de bronsgieter gedaan, de beeldhouwer heeft alleen zijn fiat gegeven. Vergelijk het met de dichter die de vormgever van zijn uitgeverij tegemoet komt: 'Doe maar wat leuks, het zijn nu jouw verzen. De originelen verpats ik te zijner tijd wel aan een bibliofiel.'

Misschien gaat de vergelijking mank, tenslotte: geen grotere zeikerds dan dichters, die overal controle over willen hebben, het liefst selecteren ze de boekverkopers nog op poëtisch benul.

Maar het is een feit dat een bundel gedichten niet het wezenlijke werk van de dichter is. De bundel is een gepolijste versie ervan. Alleen de woorden, in strakke drukletters in het gelid gedrukt, met een smaakvol kleurtje op het omslag en een losgezongen zinnetje uit een oude recensie achterop. Een bundel mist de wijnvlekken van het manuscript, de doorhalingen of de gefrustreerde, te harde tik op de entertoets die leidde tot een witregel.

Begrijp me goed: het origineel is niet belangrijk. De uiteindelijke bundel en het bronzen afgietsel zijn de werken waar het om gaat. Dat zijn de dingen die we koesteren, die we aan kunnen raken en die ons kunnen bereiken. Het is een rigoureus voorbeeld van de 'willing suspension of disbelief': teneinde in vervoering te raken, gaan we ermee akkoord dat er met onze voeten wordt gespeeld.

De aanleiding voor deze boutade over beeldhouwkunst, waar de poëzie mede onder moest lijden, is de irritatie toen ik merkte dat mijn prachtige beeld niet alleen in Lissabon, Parijs en New York te bewonderen is. Met alle exemplaren van dit beeld kan ik een warenhuis van paspoppen voorzien:

Italië, Rome, Arte Moderna.
Frankrijk, Parijs, Musée Rodin.
Frankrijk, Parijs, Musée Maillol.
Duitsland, Bremen, Kunsthalle.
Tsjechië, Praag, Národní galerie.
Zwitserland, Zürich, Kunsthaus.
Frankrijk, Parijs, Musée d'Orsay.
Frankrijk, Meudon, Musée Rodin.
Engeland, Leeds, City Art Gallery.
Zwitserland, Basel, Kunstmuseum.
Frankrijk, Cognac, Musée Municipal.
Portugal, Lissabon, Museu do Chiado.
Frankrijk, Nice, Musée des Beaux-Arts.
Zweden, Stockholm, Nationalmuseum.
Nederland, Den Haag, Gemeentemuseum.
Engeland, Oxford, Ashmolean Museum.
Rusland, Sint-Petersburg, Hermitage.
Frankrijk, Lyon, Musée des Beaux-Arts.
Frankrijk, Sens, Palais des Archevêques.
Engeland, Manchester, City Art Gallery.
Spanje, Barcelona, Museo de Arte Moderno.
Frankrijk, Dijon, Musée des Beaux-Arts.
Hongarije, Boedapest, Szépművészeti Múzeum
Canada, Toronto, Art Gallery of Ontario.
Duitsland, Berlijn, Alte National Galerie.
Verenigde Staten, Detroit, Institute of Arts.
Schotland, Glasgow, The Burrell Collection.
Verenigde Staten, Cleveland, Museum of Art.
Verenigde Staten, Princeton, The Art Museum.
Zwitserland, Genève, Musée d'Art et d'Histoire.
Verenigde Staten, Minneapolis, Institute of Art.
Verenigde Staten, New York, Brooklyn Museum.
Verenigde Staten, New Orleans, Museum of Art.
Japan, Tokio, National Museum of Western Art.
Verenigde Staten, Philadelphia, Rodin Museum.
Engeland, Londen, Victoria and Albert Museum.
Duitsland, Dresden, Staatliche Kunstsammlungen.
Verenigde Staten, Dallas, Nasher Sculpture Center.
Canada, Ottowa, Musée des Beaux-Arts du Canada.
België, Antwerpen, Middelheim Openluchtmuseum.
Denemarken, Kopenhagen, Ny Carlsberg Glyptotek.
Verenigde Staten, San Francisco, Fine Arts Museum.
Verenigde Staten, Buffalo, Albright-Knox Art Gallery.
Verenigde Staten, Washington, National Gallery of Art.
Engeland, Birmingham, The Barber Institute of Fine Arts.
Verenigde Staten, Stanford, Stanford University Collection.
Verenigde Staten, New York, Cantor Fitzgerald privécollectie (†)

De stad waar het beeld is gemaakt, ontbreekt in deze lijst. Dat was voor mij nog een reden geweest om naar Brussel te verhuizen en te wachten op dingen die vast en zeker zullen gebeuren: dat een bliksem de schoorsteen in schiet en enkele seconden als een vuurbol door het huis ketst, om weer via de haard te ontsnappen. Ik hoefde alleen maar af te wachten.

Tevens beviel het me wel dat juist in deze stad de kans te verwaarlozen is dat het beeld zich, in al zijn glorie, aan mij zou opdringen. Ik had afbeeldingen genoeg in mijn hoofd, op mijn harde schijf en beneden in de kelder. Dat zou afdoende moeten zijn.

Alles wat ik van Brussel verlang, is dat ik in de armen loop van de juiste vrouw.

Boogie Woogie into Town

Met de energie van iemand die zojuist een uiltje heeft geknapt en de vastberadenheid van iemand die begint aan een nieuw hoofdstuk in haar leven, sprong Joy het perron van Brussel Centraal op. Het was er een beetje donker en er hing een geur van verbrandingsgassen, afkomstig uit de mechanische ventilatie, en van gesuikerd deeg, uit de wafelkraampjes. De vuilnisbakken waren dichtgemaakt, zodat er vrolijk zwerfafval over de perrons waaide, dat steeds verrukt opvloog, even bleef zweven en dan uitgeput naar de grond klapwiekte.

Joy liet zich niet beïnvloeden door de smoezelige gangen en volgde de bordjes naar de uitgang. Ze liep de benedenhal in en keek omhoog, naar de brede trap, de imposante opstap naar de buitenwereld. Boven hing het bord waarop de aankomende treinen vermeld stonden en Joy genoot van de plaatsnamen die zo on-Nederlands klonken. Ze kwam rechtstreeks uit Amsterdam, maar daar had iedereen wel van gehoord – dat was niet speciaal. Denderleeuw, Sombreffe, dat was exotisch.

Een warm vakantiegevoel trok door haar lichaam toen ze besefte dat ze hier misschien naast iemand uit Saint-Ghislain of Boortmeerbeek stond. Globaliseer je wereld!

Links van het bord straalde monter daglicht door de poort naar binnen. In het licht dwarrelden stofjes opgewonden heen en weer, werd het reliëf op de muren scherper uitgelicht en knepen reizigers hun ogen tot spleetjes. Langzaam, alsof ze iets sacraals deed, zette Joy haar voet op de eerste trede. Die bleek haar gewicht makkelijk te kunnen dragen. Nog een trede. De derde ook maar.

Links en rechts werd ze voorbijgesneld door fladderende jassen, strakgesneden colberts en zelfbewuste windjacks, met daarin bellende ambtenaren, duur geurende zakenvrouwen en stoer kijkende jongens met Arabische ouders, die zowel aan het bellen waren als duur aan het geuren. Het stoorde haar, want dat kende ze al uit Amsterdam. Ze had op meer verschil gehoopt. Waar bleven de blinde slangenbezweerders, de harige portretschilders en de getaande zeehondenjagers die je in een buitenland verwacht? Hoewel, wat kon 't haar ook schelen. Er waren in ieder geval veel minder Britse toeristen met een T-shirt van coffeeshop The Bulldog.

Terwijl ze zichzelf op de schouder klopte voor deze onverwoestbaar positieve instelling, werd haar portemonnee gerold. Ze voelde het gebeuren en was een ogenblik verbijsterd. In Amsterdam zou niemand het wagen haar te rollen. Op haar eigen territorium was ze ongenaakbaar. En in de stad waarvan ze juist had vastgesteld dat die vooralsnog vrij weinig van Amsterdam leek te verschillen, gebeurde dit.

In een fractie van een seconde bedacht ze dat ze in Amsterdam nooit tien minuten besteedde aan het beklimmen van vier treden en dat zij er net zo uit moest zien als een stonede Brit, dus als een prima prooi voor biljettenjagers. Mooi niet, pisvlek! Actie! Voordat de dief de portemonnee goed en wel in zijn hebberige vingertjes had, was Joy al op zijn nek gesprongen. Afkomme, badmuts! Ze sloeg hem met de zijkant van haar hand lukraak ergens tussen oor en schouder. De jongen schreeuwde iets en gleed als een klodder wafeldeeg van de trap. Een beetje beduusd van haar eigen reactie was ze wel, maar toch merkte ze dat tientallen ogen op haar gericht waren. De eerste mensen bemoeiden zich er al tegenaan. Hier had ze nou net geen behoefte aan. Ze pakte haar portemonnee van de grond en wilde weglopen, maar was net iets te laat.

'Ça va?' vroeg een goedbedoelende rimpelkop.

'Ja prima, maar van die kontkorrel weet ik het niet zo zeker.'

'N'importe. T'es pas blessée?'

Joy zag dat enkele mensen hun telefoon hadden gepakt om de politie te waarschuwen. Ze wist niet precies hoe snel opsporingsberichten werden verspreid, maar voor de zekerheid wilde ze de scotoe liever ontlopen. Straks stond ze met naam en foto in de krant als 'Dappere Boevenvanger uit Nederland die Tuig met Gelijke Munt Betaalt'. Liever dat dan 'Hulpeloos Kind dat Jarenlang Slachtoffer was van Perverse Grootouders', maar een tijdje geen krant leek haar het beste. Ze stond op, pakte de arm van de oude man en fluisterde: 'Even wat frisse lucht. Brengt u me alstublieft naar buiten?'

'Naturellement, que tu veux, ma chérie.'

Nagekeken door de verbaasde getuigen schreed het koppel de trap op en liep door de hal naar buiten. Voorzichtig zette Joy haar eerste passen in het zonlicht, wat de man interpreteerde als een soort duizeling.

'Allez-y, calme-toi, c'est fini.'

'Dank u wel, het is al chill. U doet vet, u weet toch?'

Tot hier reikte de tweetaligheid van de Brusselaar. Terwijl hij rustig aan het overpeinzen was wat ze kon bedoelen, zag Joy twee politiewagens aankomen. Ze stak snel de straat over en glipte op goed geluk de Infante Isabellastraat in, op naar de anonieme drukte.

Track III: Memoires van een standbeeld

(...) Fruitvliegjes, kwetsbare rare beestjes die zich en masse op een rottende appel storten, zo zie je alle mensen ver onder je over het plein dwarrelen. Je hebt het allemaal al eens zien gebeuren, dan koester je je rust. De mensen rennen van A naar B en weer terug, veranderen om de haverklap van artistieke overtuiging, politieke smaak of godsdienstige ideologie. Dagelijks hebben ze de drang om wiel, buskruit en goden opnieuw uit te vinden. Variaties, nuanceringen, zelden verrassingen. Revoluties komen en gaan, jij blijft daar lekker boven staan.

(...) Weet je waar je ook doodmoe van kan worden? Dat je jaar in jaar uit met hetzelfde bezig bent, zonder dat je enige vooruitgang boekt. Je zal maar na tweeduizend jaar die splinter nog niet uit je voet hebben gepulkt. Je weet dat het er allemaal mooi uitziet, maar in je achterhoofd zit het idee dat je tot meer in staat bent. Een stap verder. Je wilt die discus nu eindelijk eens wegslingeren en een wereldrecord vestigen. Je wilt een andere toon uit je panfluit halen. Je wilt Daphne nog even bruut nemen voordat ze helemaal in een muffe olijfboom is veranderd. Of simpelweg eens op je andere zij gaan liggen omdat je vergaat van de doorligplekken.

Anatomie voor beginners

Op een vrieskoude januaridag in 2002 liep ik naar de Slachthuizen in Anderlecht. Het laagje ijs dat op de straten lag, knisperde onder mijn voeten als de hagelnieuwe eurobiljetten in mijn portefeuille. Ik hoopte de tentoonstelling Körperwelten op een rustig moment te bezoeken, maar zelfs vroeg op een doordeweekse dag was er een rij. Mensen bleven warm door zich te verkneukelen om de huiver die hun te wachten stond. 'De fascinatie van echtheid' is de ondertitel van dit circus, maar ondanks alle pogingen van de organisatie om het als een didactisch verantwoorde kennismaking met de menselijke anatomie te presenteren, blijft het voor veel van de bezoekers gewoon een griezelkabinet.

Bijna bevroor ik zelf tot standbeeld, maar toen kon ik naar binnen. De overgang van de frisse koude buitenlucht naar de warme tentoonstellingshal deed me een beetje duizelen. Waar waren ze bang voor? Dat de lijken het koud krijgen? Dat zou onterecht zijn geweest, want het eerste plastinaat dat ik zag, was een ontvelde man die zijn huid als een jas over zijn arm hield. Dat moest de garderobe zijn.

Ik legde mijn jas af en trad binnen. Eén en al esthetiek! En informatie! En entertainment! Het lichaam uitgekleed en uitgelicht in geinige poses en met vederlichte rekwisieten. De verwachting van de *terror*, het aards griezelen, werd weggeslagen: adembenemend was het nergens. De mens als decoratief opengesneden radijsje, als vitrinekast vol snuisterijen. Alle gerechtvaardigde angst voor de dood werd ongedaan gemaakt door de knusse presentatie. Geschikt voor kinderen van acht tot achtentachtig.

Wat had ik dan verwacht? Een keuze, denk ik. De tentoonstellingsmaker bleek niet één, maar twee hoeden te dragen, een 'esthetische' en een 'educatieve'. Een tentoonstelling over anatomie was prijzenswaardig geweest. Ook de andere mogelijkheid zou de moeite meer dan waard zijn geweest: een spookhuis met de 'fascinatie van echtheid', een zombie met lillende ballen, een berserker met rollende spieren, een hobbit die de bezoeker tracht te wurgen met zijn darmen.

De grondlegger van Körperwelten, professor Schatje, bediende zich van halfslacht: vlees en vrees. Wij hoeven niet bang te zijn en god, wat zijn we mooi. Wat smakelijk werd ons bloedvatenstelsel in beeld gebracht! Hoe decoratief is het menselijk spierstelsel! Hoe fascinerend is onze spijsvertering! Wat een mirakel voltrekt zich in onze baarmoeder! Welk kwaad doet een sigaret onze longen! Schatje geeft ons bloot aan ons, toont ons onze innerlijke mens, toont ons het vernuft en de kwetsbaarheid van ons lichaam – maar het moet wel vermakelijk blijven.

'Wonderlijk dat ze dit zo kunnen maken,' zei een dame achter me, die duidelijk stond te twijfelen tussen *intelligent design* en evolutietheorie.

Het gespletene van de tentoonstelling: zoals alle publieke anatomen uit de geschiedenis had ook deze potsenmaker zich in zijn pogingen de verbazende wereld van het menselijk lichaam te tonen, gekeerd tot exhibitionisme en behaagzucht. Pure kadaverpret. De anatoom als kermisgast, en vice versa.

Toch intrigeerde de techniek me wel.

Moderne Faust

Siegfried Schatje wordt in 1945 geboren in Posen, toen Duitsland, nu Polen. In 1965 begint hij de studie medicijnen aan de Universiteit van Jena en in 1968 tracht hij te vluchten naar West-Duitsland. Dat komt de rebel op twee jaar cel te staan, 'waarin getracht wordt de gevangene te trainen een passend klassenbewustzijn te ontwikkelen opdat hij in zijn toekomstig leven de normen en waarden van de maatschappij zal kunnen volgen. Tevens zal hij bewust worden gemaakt van de gevaren van zijn gedrag en dusdoende van de noodzaak tot het besef van een goed toekomstig gedrag als staatsburger.' Robuust proza, jammer dat het niet gewerkt heeft.

In 1970 wordt hij als politiek gevangene vrijgekocht door de Bondsrepubliek. Hij studeert af in Lübeck en vervolgt zijn wetenschappelijke carrière aan het universitair ziekenhuis van Heidelberg, waar hij in 1975 promoveert. Aan dit anatomisch instituut blijft onze held onderzoek verrichten naar nieuwe methodes om lijken te conserveren. In 1978 patenteert hij zijn plastinatietechniek: het vervangen van lichaamseigen vloeistoffen en vetten door kunststof.

Zijn geplastineerde lichamen en lichaamsdelen vinden gretig aftrek over de hele wereld, bijvoorbeeld bij islamitische universiteiten, waar een afbeelding van een mens niet gebruikt mag worden als onderwijsmateriaal, maar een echt mens wel. En dan 't liefst eentje die niet onder je ogen wegrot.

In 1993 gaat Schatje solo. Hij privatiseert zijn handel en richt een instituut op. Dan begint het lijkenpikken en grafroven echt. Hij organiseert reizende tentoonstellingen die inmiddels zijn bezocht door tientallen miljoenen belangstellenden. Bij elke tentoonstelling begint Schatje zijn verhalen op te dissen over het didactisch element dat prevaleert, over de belachelijke hoed die hij overgenomen heeft van de schilder Joseph Beuys of over Nicolaas Tulp, de docent die op Rembrandts De anatomische les een terechtgestelde crimineel ontleedt.

Ook vermeldt hij steevast zijn voortreffelijke donorprogramma, dat iedereen de kans biedt zijn lichaam op een zeer tot de verbeelding sprekende manier aan de wetenschap te schenken. Dat wetenschappelijke bestaat overigens uit een bijzonder hoogleraarschap in de anatomie in China, en aan een Amerikaanse tandartsenschool.

In 2001 richt hij in Dalian, China, een filiaal van zijn lijkenimperium op, waar hij zonder al te veel bureaucratisch geneuzel aan materiaal voor zijn tentoonstellingen kan komen. Plastinatie uit vrije wil is in China verboden, terwijl lichamen van geëxecuteerde gevangenen aan de staat vervallen en dus zonder noemenswaardige problemen kunnen worden verkocht, voor omgerekend zo'n tweehonderd euro per stuk. Politiekantoren, bejaardentehuizen, gevangenissen, mortuaria van gekkenhuizen en 'andere medische instellingen' zijn de velden waar Schatjes personeel de jacht op verse lijken opent. Met de grondigheid die meer Duitse experimentele artsen kenmerkt, wordt dan 'inslaggat in schedel' of 'buik kruislings opengesneden' genoteerd. Schatje vindt geen acceptabele verklaring voor de kogels die door de douane in de hoofden van twee van zijn pronkstukken worden aangetroffen, maar het Duitse gerecht gaat niet over tot vervolging.

De professor noemt het lichaam van een mens snel een 'preparaat', een voorwerp waar je 'organisatie, transport en conservering' *gründlich* voor dient te regelen, en dan kan je conform de wetten van de markt de volledig geplastineerde lijken, goedkoop ingekocht, voorzien van meerwaarde, voor vijfenzeventigduizend euro verpatsen.

Dat is het simpele systeem van lijkenbusiness. Die meerwaarde is echter nog niet simpel te bereiken, want voordat Schatje de preparaten geschikt acht voor verkoop of tentoonstelling, dienen ze aan de hoogste kwaliteitseisen te voldoen. Dat betekent dat hij soms lichaamsdelen moet vervangen: een kapotgeschoten schedel is geen gezicht. En op een uiterst leerzame anatomische expositie kan je geen preparaten tonen van oosterse mannen met beperkt geproportioneerde genitaliën. Die moeten op niveau worden gebracht door wat snikkels van elders in te vliegen, en dat is duur.

Professor Schatje heeft al zijn vakmanschap, integriteit en onovertroffen anatomische kennis nodig om uit acht tot preparaat gedegradeerde afgeschoten gedetineerden één toonbaar beeld te assembleren.

Zoals Schatje in de beginhoofdstukken van zijn tentoonstellingscatalogus verlekkerd memoreert, was het in Engeland in de zestiende eeuw en in Pruisen tussen 1889 en 1960 gewoon dat galgenlijken en niet-geclaimde lichamen bij anatomische instituten werden afgeleverd.

'In de jaren zestig begonnen Duitse instituten voor anatomie te pleiten voor lichaamslegaten. Mensen bepaalden tijdens hun leven dat hun lichaam na hun dood diende te worden overgedragen aan het dichtstbijzijnde instituut voor anatomie. Aangezien het aanbod inmiddels veel groter was dan de vraag, zagen de meeste instituten af van het gebruik van ongeclaimde lijken,' schrijft hij.

Dit betekent: als het aanbod de vraag overstijgt, willen veel – maar niet alle – instituten afzien van grafroverij. Mocht het aanbod onverhoopt achterblijven bij de vraag, dan zullen sommige – maar niet alle – instituten weer goedschiks of kwaadschiks de kadavers onder de snavels van de gieren vandaan rauzen.

Joyimbo

In 2005 kreeg ik een buitenkansje in de schoot geworpen. Al netwerkend was ik drie jaar terug een collega-interimmer tegengekomen die veel klussen in Duitsland deed. De man intrigeerde mij: hij had een fijne neus voor opvallende projecten, sprak nooit over geld en wekte de indruk over lijken te gaan. We hielden spaarzaam mailcontact, maar toen ik vernam dat hij de oprichting van het plastinatiemuseum in een gehucht tegen de Poolse grens begeleidde, begon ik hem te bestoken met vragen; over de directie, de werkwijze, vergunningen enzovoorts. Zijn antwoorden werden allengs beknopter en op mijn steeds dwingender gebrachte voorstel om op bezoek te komen, ging hij in het geheel niet in.

Februari 2005 ontving ik een mail waarin hij uitlegde de opdracht terug te geven. Hij vond het walgelijk, had hoogoplopende conflicten met de directrice en wilde daar zo snel mogelijk weg. Het zou hem een vals genoegen zijn mij voor te dragen als opvolger. Als ík deze kadavershow niet zou begeleiden, zou iemand anders het wel doen, en dan had je er helemaal geen controle meer op. Ik wist niet hoe snel ik toe moest zeggen. Drie kwartier later had ik mijn sollicitatiebrief verstuurd. En zoals dat in succesverhalen gaat: ze hapten. Vijf dagen later had ik een afspraak met de directie in Heidelberg. Controleren van de bouw, werving & selectie van de medewerkers, publiciteitsplannen opstellen en wat logistiek geneuzel: allemaal gesneden koek. De directrice was een verstoft mens, van opleiding anatoom. Ze vond alles prima zolang zij maar niet te veel energie in het project hoefde te stoppen. Ik verzekerde haar dat alles volgens schema zou verlopen. Hoppa: klus binnen.

Een duur pak + selectief opgesteld cv + een betrouwbare oogopslag = succes verzekerd.

De killersmentaliteit, de gepeperde facturen en het opzichtige horloge horen er natuurlijk ook bij, maar zijn net iets minder van belang.

Ik kwam het gehucht binnen als Toshirō Mifune in *Yojimbo*. Of: Ik kwam het gehucht binnen als Clint Eastwood in *For a Fistfull of Dollars*. Of: Ik kwam het gehucht binnen als Bruce Willis in *Last Man Standing*. Links de tegenstanders, aan mijn rechterhand de uitdagers, moge de beste winnen en ik knijp ertussenuit met alles wat ik nodig heb. In gemeenteraadsvergaderingen liet ik af en toe wat onrustbarende dingetjes optekenen en in het museum zette ik mijn beste beentje voor. Hoe langer de vergunningen op zich lieten wachten, des te meer tijd ik had om meticuleus om me heen te kijken. Zoals verwacht liet de vergunning tot openstelling voor publiek het langst op zich wachten.

Het laboratorium was ondertussen al in vol bedrijf. Via een slinkse manier van *productplacement* had het lab de opdracht binnengerijfd een beeldengroep te maken voor de nieuwe James Bond-film. Het betrof een drietal pokerende lijken rond een tafel, bevroren op het hoogtepunt van een spannend potje Texas Hold'em. Precies wat professor Schatje verstaat onder 'een esthetisch/instructieve weergave van de binnenkant van het lichaam'. Esthetisch omdat het de werken van de Chapman-brothers in griezelig bedoeld realisme overtreft, en instructief omdat je een mooi staaltje pokerfaces met open ruggetjes te zien krijgt.

Ik wachtte vol overtuigend geacteerde smart op het fiat van

de gemeente en ondertussen bespioneerde ik de plastinateurs. De techniek was me globaal bekend, maar de fijne kneepjes met gevoel in de vingertoppen te kunnen zien, was een onbetaalbare stage voor me. Toen het museum eenmaal opende, zat mijn taak erop en keerde ik voldaan en wijzer terug naar Brussel.

Kent u die mop van de herder en de manager? In idyllische rust staat een herder zijn schapen te hoeden. Komt een vent in een pooierbak aanrijden. Hij stapt uit en zegt: 'Herdertje, als ik raad hoeveel schapen je hebt, mag ik er dan één hebben?'

De herder stemt in. De man voert een serie magische handelingen uit met zijn laptop en telefoon en na enkele minuten glijdt een A4'tje uit een printer in het dashboard. 'Je hebt 121 schapen.'

'Dat klopt,' zegt de herder, 'zoek er maar één uit.'

De man zoekt een mooi dier uit en tilt het in de achterbak. Hij klopt het stof van zijn broekspijpen, bedankt de herder en wil vertrekken.

'Eén ding nog,' zegt de herder. 'Als ik raad wat jouw beroep is, mag ik mijn beest dan terug?'

'Akkoord.'

'Je bent een manager.'

'Inderdaad,' zegt de man verbaasd. 'Hoe weet je dat?'

Waarop de herder uitlegt: 'Je komt ongevraagd aanzetten, stelt een onbenullige vraag over cijfers, wilt betaald worden voor het antwoord terwijl ik dat allang weet en je hebt geen enkel benul van mijn werk. En geef me nu mijn hond terug.'

In trainingen noem je zoiets een leermoment. Ik wist precies welke vaten en gasflessen ik in de achterbak van mijn BMW moest tillen.

De taxidermist

Als je nieuw bent in een stad, moet je proberen vrienden te maken. Om je een beetje thuis te voelen, om de weg te leren kennen, om je eenzaamheid te lenigen. 't Was niet direct de meest bruisende wijk van de stad en cafés waren dun gezaaid. Mijn buren waren net zo op hun privacy gesteld als ik, maar ik kreeg wel het idee dat ze mij een zonderling vonden, afgaand op de manier waarop ze naar me keken. Wat voor Brussel opvallend was, want in de rest van de stad heerst de metropolitane desinteresse: 'Het interesseert me de rozen waarmee ge bezig zijt, laten we elkaar met rust laten.' Er was dus wel enige sociale controle in mijn wijk, hoewel het ook zou kunnen dat de bewoners gewoon niets beters te doen hadden dan vreemdelingen wantrouwen – in dit land niet ongebruikelijk.

Als ik niets te verbergen had gehad, zou ik me er niets van hebben aangetrokken. Om te voorkomen dat een man alleen in een veel te groot huis, inwijkeling bovendien en maanden bezig geweest met verbouwen, al te snel in verband gebracht zou worden met staatsondermijnende of perverse daden, moest ik proberen mijn imago op te poetsen.

Iedere derderangs theaterdictator zal je vertellen dat het openen van een ziekenhuis voor de armen en het publiekelijk zoenen van kleine kinderen wonderen doen voor je populariteit. Nu had ik even geen ziekenhuis in portefeuille, en het kussen van kinderen is in dit land een beetje verdacht, zeker als je net je kelder ingrijpend hebt verbouwd. Het uitdelen van ballonnen aan gehandicapten of het participeren in de plaatselijke duivenmelkerij zou me waarschijnlijk nog veel verdachter maken, dus ik besloot me op te werpen als beschermheer van de zwerfkatten uit de buurt.

Achter mijn huis lag een flink stuk braakliggende grond waar die loeders nachtenlang geil tegen de maan zaten te janken. Ik sleepte bij daglicht grote zakken voer het huis in en tegen het schemeren toonde ik mijn betrouwbare inborst door gul te strooien. Ik had ze eerst voor zwerfkatten aangezien, maar ze bleken erg tam en prima doorvoed. Ik hoefde niet stapje voor stapje hun vertrouwen te winnen; op de derde dag wemelden ze al om mijn benen heen. Uitvreters die een aanvulling op hun dagelijkse maaltijd zochten.

Dat was nog niet eens zo erg geweest, als die verdomde baasjes me tenminste zouden opmerken. Maar waar een Nederlander de hele avond niets liever doet dan uit het raam gluren en de politie bellen als een lantaarnpaal flikkert, sluit een Belg zich na acht uur 's avonds volledig van de buitenwereld af. Al zou een peloton blauwe monsters door de straten trekken om de auto's in mosselen te veranderen, de Belg zou het pas de volgende ochtend ontdekken.

Intussen probeerde het verzameld stadsschuim elke avond bij mijn achterdeur zo ondervoed mogelijk te klinken. Het klagend miauwen en de honger in de oogjes waren overtuigend geacteerd, maar de glanzende vachten deed ze de das om, zeker bij de moddervette exemplaren.

Toen mijn kelder helemaal af was, lokte ik een vetklep die geen halsbandje droeg met een stukje kip naar binnen. Zonder een spoortje vrees waggelde het dier door mijn huis. Voor de open haard rolde 't zich op tot een grijs-zwarte tulband en verzonk in tevreden verteren. In precies die houding trof ik 't de volgende ochtend aan, maar nu ruikend naar het worstje dat ik buiten de koelkast had bewaard. In de loop van de dag lokte ik 't met een hapje naar de kelder: de speknek verwaardigde zich een stukje met me mee te lopen. Op de drempel van de kelder hield 't stil en was niet te vermurwen nog één stap te zetten. Ik was genoodzaakt een lichte vorm van dwang uit te oefenen.

Toen het beest dood was, tilde ik 't naar beneden. 't Was een gecastreerde kater, bleek. Ik injecteerde hem met een middel om de ontbinding te stoppen, dompelde hem in dat spul onder, maakte aantekeningen, bracht hem over naar een acetonbad, testte mijn fonkelnieuwe vacuümpomp, verving de aceton door kunststof, wrong hem in een ludieke pose en hardde de boel uit in een gascompartiment.

Geruime tijd later had ik een volledig geplastineerde poes, kaal, afzichtelijk, meer lijkend op wat de late Picasso in een kat zag dan op een plastic poes van Jeff Koons. Gelukkig had ik veel verbeterpunten genoteerd en er wachtten nog zeker twintig jammerende secreten bij de achterdeur.

Profile matches Search

Als je nieuw bent in een stad, moet je proberen vriendinnen te maken. Om je eenzaamheid te lenigen en om je plan uit te voeren. De jacht was geopend. Ik trok naar mijn favoriete jachtdomein: het museum.

In de Bozar liep een overzichtstentoonstelling van Marcel Broodthaers en ik doolde door de zalen, een oog op de kunst en het andere gericht op de bezoekers.

Om met die laatsten te beginnen: ik kreeg in de gaten dat ik een fout maakte door in musea te jagen. Op een enkele toerist na leken alle vrouwelijke bezoekers hun glans bij de vestibule afgegeven te hebben om de schoonheid van de tentoongestelde werken niet te hinderen of naar de kroon te steken. Wat overblijft is een soort vrouw die obligaat kunst aangaapt, de schouders laat hangen, irritant op schoenen met hakjes wiebelt en soms zelfs in volle concentratie nagelbijt. Ze krijgt van de kunst die ze ziet geen inspiratie, eerder constipatie, en al hompelend door de zalen verliest ze zichzelf almaar meer.

Met de kunst had ik het ook al snel geschoten. Op elke overzichtstentoonstelling ligt het gevaar van overkill op de loer en ook hier viel het me steeds zwaarder variaties in de paar vaste thema's van de kunstenaar te zien. Ik nam me voor snel ergens te veel zwaar bier te drinken als ik nog één mosselpan zou zien.

Juist op dat moment, net op tijd dus, stuitte ik op een topstuk. Een groot zwart doek met op de bovenste helft in het Frans 'mosselen' geschreven en de onderste helft beplakt met 45 eierschalen, allemaal aan de bovenkant geopend alsof de kunstenaar er anderhalve maand elke ochtend hard aan had gewerkt. Ik schoot in de lach, omdat dit juist de zelfrelativering was die deze tentoonstelling nodig had. Het werk heette L'erreur, wat ik een betere titel vond dan Çeci ne sont pas des œufs of een andere al te bewuste verwijzing naar de traditie. Een verfrissend 'Oeps, foutje', en we gaan weer verder.

Maar daar vergiste ik me in.

'Waarom lacht u?' hoorde ik iemand naast me snibbig vragen.

Wat zullen we verdomme nou krijgen? Iemand die de ongeschreven regel schendt dat je in een museum geen onbekenden aanspreekt? En ook nog op een verwijtend toontje? Ik draaide me om en zocht vast wat woorden om deze dame haar plek te wijzen – een plek ver van mij en mijn beleving van kunst vandaan alstublieft – maar ik slikte mijn preek snel in toen ik het meisje zag staan.

Een verwoestende schoonheid in de vermomming van een student. Fonkelende ogen achter een bril met zwaar montuur, een hemels figuur verstopt in hobbezakkleding en een engelengezichtje met een suf kapsel erboven. Ik vertelde haar waarom ik moest lachen en vroeg haar waarom ze dat wilde weten. Ietwat nuffig trok ze een wenkbrauw op.

'Omdat dit een sleutelwerk in Broodthaers' œuvre is dat veel serieuzer is dan veel mensen denken. Ik vermoedde al dat u het niet begreep. En nu ik hoor dat u een Hollander bent, weet ik dat dat klopt.'

Wat een brutaal nest. Zo'n betweterige directheid had ik in Brussel nog niet meegemaakt.

'Dat kan wel wezen, jongedame,' begon ik, maar ze onderbrak me direct.

'Wat u door uw beperkte kennis van het Frans niet weet, is

dat 'moules' naast 'mosselen' ook 'gietvormen' betekent. Binnen het werk van Broodthaers staat dat voor objecten met kunst als inhoud, de lege eierdoppen zijn voor hem een doodserieuze poging om kunstloze vormen te presenteren. Het holle ei als ultieme afwezigheid van pretentieuze kunst, een sublimatie van wat hij eerder met mosselschelpen heeft getracht.'

Het liefst had ik dit hittepetitterige mokkeltje met de vlakke hand in het gezicht geslagen. Waar haalde ze het lef vandaan mij zo de les te lezen? Mijn sublimatie van kunst was de schop onder haar hol waardoor ze de trap af zou stuiteren. Het punt was dat ze gelijk had en dat ik deze conceptuele kunst tekort had gedaan door haar als grappig af te doen. En dat ze prima paste in mijn zoektocht. Ik bood haar dus wat te drinken aan.

'Ik wil eerst de rest van de tentoonstelling zien. Over een half uur bij de ingang.'

Het klonk niet als een voorstel, maar als een *take it or leave it.* Pittig ding. Ik knikte, maar ze was al weggelopen. Dat gaf me dertig minuten om een strategie te bedenken.

We belandden in een sfeerloze koffiebar in de Galerie Ravenstein, de ondergrondse verbinding tussen de Bozar en het Centraal Station. Ik had me voorgesteld als geïnteresseerde leek en haar gevraagd hoe het kwam dat ze zo goed op de hoogte was van Broodthaers.

Ze studeerde inderdaad kunstgeschiedenis en was van plan op hem af te studeren, vertelde ze met beslagen brillenglazen boven haar glas muntthee.

Nu ik haar ogen niet kon zien, kon ik me nog beter voorstellen hoe geschikt ze zou zijn. Er moest nog wel wat aan versleuteld worden, maar dat was geen probleem. Ik probeerde me haar naakt voor te stellen, haar cupmaat te schatten en de breedte van haar heupen. Hoe ze in haar houding dat arrogante kon combineren met wulpse gratie en wat onderdanigheid. Hoe ze haar kont wat achteruit zou steken en haar rechterarm op haar hoofd zou leggen, waardoor haar ene borst iets hoger dan de andere zou komen. Hoe een flinke wond op haar voorhoofd haar zou staan.

'En u?'

Ik schrok op uit mijn gedachten. De condens was van haar bril verdwenen en ze keek me met een priemende blik aan, alsof ze zich bewust was van mijn gedachten. Ik had geen idee waar ze het allemaal over had gehad, en besloot even terug te koppelen.

'Ik hou niet van holle kunst. Een hol ei in een museum is een hol ei met valse bedorven lucht erin, is een pretentieus hol ei. Een vol ei, met een kiem van leven erin, is dan een betere manier om de kunst buiten de deur te houden. Een vol ei, beschilderd of met diamanten bezet, waardoor de kunst aan de buitenkant gescheiden blijft van een kunstloze binnenkant, die hooguit de vorm dicteert. Daar hou ik van.'

'De kern van kunst moet dus leven zijn, bedoelt u?'

Ik knikte.

'Dat is de dood in de pot. Nee, de kern van kunst moet denken zijn. Juist dat geeft spankracht aan een werk, waardoor het meer wordt dan materie.'

Dat zelfingenomen toontje van haar! 'Volgens mij is dat denken iets wat buiten het kunstwerk hoort te liggen, dat is een taak van de toeschouwer. Je hebt gelijk dat mijn denken bij dat werk van Broodthaers tekortschoot. Dat is een tekortkoming van mijn kant, misschien zelfs een lichte vorm van verraad. Ik weigerde te denken en daardoor zag ik dat het werk hol was, zag ik er alleen een grap in.'

'Maar als het hele eieren zouden zijn geweest, was u dan wel bereid geweest na te denken?'

'Laten we eerlijk zijn,' ontweek ik de vraag. 'Als het volle eieren waren, had Broodthaers er nooit 'moules' bij geschreven.'

'Dus bij een lege schaal stopt u met denken en bij een vol ei, een product van de natuur, krijgt u verheven gedachten. Dat is geen kunstopvatting, dat is een puberale angst voor leegte, voor kunst.'

Ze keek me nog even strak aan, pakte haar jas en stond op om een trein te halen. Ik gaf haar mijn kaartje en zei dat ik hier graag nog eens over door wilde praten. Ze pakte het aan, draaide zich zonder iets te zeggen om en liep weg.

Ik vond de snippers terug toen ik iets later dezelfde kant op liep, naar de metro.

La Femme

Als je lichtelijk hyper door een stad loopt, merkte Joy toen ze het station verlaten had, herken je overal mensen. Een glimp van een passant – een kapsel, een loopje, jas of bril – doet je direct aan iemand denken en er is een extra blik voor nodig om zeker te weten dat je je vergist. Het maakte geen snars uit dat ze zichzelf keer op keer verzekerde dat ze hier niemand kende, er zat een naar stemmetje in haar achterhoofd dat als een mantra bleef herhalen: 'Het kan toch?' 'Toeval bestaat echt.' 'Je weet nooit zeker...'

Je ogen schieten heen en weer, dan weer heen, dan weer weer, je wordt er doodmoe van. Ze liep nog geen kwartier door het centrum en had al zeker tien bekenden gezien: Johnny Depp twee keer, haar leraar wiskunde, de tandarts, twee ex-klasgenoten, oom Peter, een zeikwijf uit het gesticht en Phil Collins – van die laatste wist ze trouwens bijna zeker dat hij het was, met die lauwe schildpaddenkop. Graag wilde ze even van straat af, een plekje vinden waar ze kon chillen.

Opeens stond ze tegenover Kim Clijsters. Joy keek nog eens goed, en shizzle, bij nader inzien léék het meisje niet eens op Clijsters. Ze had blond haar, dat was het eigenlijk wel. Joy wilde doorlopen, maar het meisje sloeg na twee keer oogcontact toe. Ze sprak Joy aan en bleek propper te zijn voor een ontzettend gezellige jeugdherberg met internet, schone douches en interessante mensen uit de hele wereld! Ze had direct gemerkt dat Joy met haar bagage en schichtige blik een toerist was die serieus welkom zou zijn – dit alles in het Engels met een zwaar Scandinavisch accent. Ze verraste Joy met haar verhaal, want die besefte opeens dat ze nog geen seconde had nagedacht over zoiets als een slaapplaats. *Biatch*, waar zit je met je kop? Ze liet zich een schreeuwerige folder in de hand duwen en liep verdwaasd achter dat Kim-mokkel aan.

Toen ze zich weer een beetje bijeengeraapt had – dikke prima, probleem opgelost voordat het gesignaleerd was – stond ze voor de receptie en had ze een bed besproken voor onbepaalde duur bij een alto met rastahaar en zo'n vaalgewassen T-shirt met regenboogkleurtjes en een of andere ouwe neger erop. Hij vond alles keirelaxed en sprak als een Samson van Gert op bijna lege batterijen. De morsige bubbel – 'Noem me maar Hoeka, doet iedereen hier' – teenslipperde voor haar de trap op, wuifde op de overloop in de richting van een deur, maar moest een uitleg over de douches onderbreken voor een imposante hoestbui. Joy meende zelfs groene wolkjes rook uit zijn oren te zien komen.

'Daar de gezamenlijke keuken, graag proper achterlaten, daar het washok, spreekt voor zich, en hier uw slaapzaal.'

Zes stapelbedden, een wasbak en zoek het maar uit. Voor vragen zat Hoeka altijd beneden of in de televisiekamer. Acht bedden lagen vol met rugzakken en andere zooi. Liefst een bed bovenin, dicht bij het raam. De gedachte dat acht vreemden na het nuttigen van een kaasplankje in haar nabijheid gingen liggen gisten en ruften, deed haar naar adem happen. Ze zette haar koffer naast het bed, kleedde zich uit en kroop onder de deken, om nog even te profiteren van de privacy en de rust, nu haar nieuwe slaapkamergenoten nog buitenshuis waren.

Twee uur later was het bingo: twee jongens liepen de slaapzaal binnen. Ze spraken op een dusdanig volume Spaans met elkaar dat ze duidelijk het idee hadden alleen te zijn. Joy lag tegen de muur, dus waarschijnlijk was ze aan de andere kant van de kamer zo goed als onzichtbaar. Misschien even kuchen, maar ze besloot dat haar siësta lang genoeg geduurd had; ze kon beter opstaan.

Juist toen ze uit bed wilde klimmen, merkte ze dat het gebabbel was opgehouden en had plaatsgemaakt voor wat geritsel en daarna gekreun. Nieuwsgierig en uiterst behoedzaam draaide ze zich op haar andere zij om een glimp op te vangen van het hoorspel. Dat behoedzame draaien was in dit krakende stapelbed nog niet zo makkelijk, maar de jongens hadden weinig interesse in hun omgeving en hoorden niets.

Toen ze in de richting van het gekreun gluurde, zag ze een jongen met ontblote borst op het onderste bed in de hoek liggen. Hij had zijn ogen gesloten en zijn borstkas ging op en neer. Hij had zijn handen achter zijn hoofd gevouwen en alhoewel Joy verder niets kon zien, was de andere jongen hem onmiskenbaar een ippa aan het zetten.

Het idee dat twee mensen iets verderop, onwetend van haar aanwezigheid, vieze dingen aan het doen waren, wond Joy nogal op. Ze voelde dat ze nat als oktober werd. Ze rolde op haar rug en concentreerde zich op het gesmak en gekreun. Zonder zelf enig geluid te maken masseerde ze haar klit. Veel te snel hoorde ze dat de jongen het niet meer uithield. Gelukkig draaiden ze de rollen om en zwol het gekreun opnieuw aan, dit keer nog iets uitbundiger. Door haar vingers onder controle te houden, wist ze klaar te komen op het moment dat de tweede jongen met mediterraan temperament begon te schreeuwen, waardoor haar kreuntjes niet opvielen.

Ze kon de pestkop in zichzelf toch niet bedwingen, dus snel na haar orgasme klom ze met licht overdreven lawaai spiernaakt uit bed en kleedde zich in het blikveld van de verblufte jongens aan. Ze liep naar de deur, draaide zich even om en met een vals lachje en een knipoog zei ze: '¡Muchas gracias chicos!' De ene moest eerst nog iets wegslikken voor hij een repliek kon stamelen, maar daar wachtte Joy niet op. Ze verliet de herberg om iets te eten te scoren.

Joy sleet haar dagen in ijdelheid. Ze flaneerde door de Louizalaan, werd gezien in de Dansaertstraat en dronk thee in de Botanique. Daar, in dat sierlijk vormgegeven parkje met beelden, prieeltjes en allerhande versieringen, waande ze zich in een andere tijd. Boven de bomen piekte het Rijksadministratief Centrum, als een enorme lul met groen schaamhaar. Het strakke ambtenarenbolwerk werd gesloopt, en ergens vond Joy dat een beetje zielig. Zo oud leek het nog niet te zijn. Ze moest denken aan het WTC. Een vliegtuig als sloopkogel.

Op een middag stond een langharige man naast haar tientallen foto's te maken van de hoge lifttoren. Ze stapte op hem af en vroeg of hij het ook zo'n mooi uitzicht vond. Daar kreeg ze gelijk spijt van, want hij stak een heel relaas af, dat dit gebouw volgens hem het ultieme bewijs was van de Brusselse bouwfraude, een in te korte tijd opgetrokken monstrum van wansmaak en inferieur beton. Als herinnering aan het recente verleden van de stad moest het eigenlijk op de Werelderfgoedlijst van Unesco, of toch zeker die hoge toren, die volgens hem La Femme heette.

Volgde nog een stoot onbegrijpelijk geklets over complotten, tunnels onder de stad, en of hij een foto van haar mocht 'trekken' met de toren als achtergrond. Joy stemde maar in. Snel maakte hij een vijftal foto's en verdween weer. Oppassen voor mannen in het zwart met een fototoestel, besloot Joy, want dat zijn freaks.

Toch was de naam La Femme goed gekozen, het was inderdaad geen lul. Ze herkende zich wel in de abstracte benen die hard tegen elkaar geklemd waren. Terre Zéro. En dat als toegang tot het bolwerk dat het hele land in een ijzeren greep hield! Zou het ook daarom worden gesloopt?

Ze liep terug naar de jeugdherberg, waar Hoeka zich uit

zijn verlaagde bewustzijn wist te trekken en haar verzocht binnenkort weer een gedeelte van haar schuld af te lossen. Ze trok haar meest betrouwbaar ogende glimlach uit haar decolleté en verzekerde hem dat ze morgen langs zou komen. Op de slaapzaal nam ze haar financiële positie door en merkte dat ze nog een dag of tien voort kon, maar daarna was ze blut. Ze moest nu iets gaan verzinnen om aan geld te komen. Na die ontmoeting bij La Femme bedacht ze dat het makkelijkste geld in een stripclub te vinden moest zijn. Nu had ze eigenlijk geen idee hoe dat moest, strippen, maar moeilijk kon het niet wezen. Ze besloot die avond eens te oefenen.

Net na het nieuws schreed ze de televisiekamer binnen in haar mooiste kleren. Aanwezig waren Hoeka met zijn eeuwige waterpijp, de twee Spaanse jongens, een Japans meisje en een onbekend stelletje van onduidelijke herkomst. Geen ideaal publiek, maar ze waagde het er op. Ze liep heupwiegend naar voren, likte ondeugend aan haar wijsvinger en zette de tv uit.

Toen gaf ze een showtje dat op een stripact moest lijken en hé, daar bleek ze prima in te slagen. Hoeka had zijn pijp laten doven, Joy meende te zien dat de Spanjaarden een *chica* ook wel lustten en het stelletje was zo opgewonden geraakt dat het in elkaar vervlochten de kamer probeerde te verlaten. Alleen het Japanse meisje was niet van dit soort onzin gediend en bladerde demonstratief door een opinieblad waar ze onmogelijk iets van kon begrijpen. Joy gaf zichzelf een dikke tien voor haar repetitie en taaide af naar bed.

Ze oefende nog een beetje op de sollicitatiegesprekken die ze morgen wilde voeren en viel ten slotte in slaap. Ze werd wakker toen haar bed zachtjes schudde, doordat iemand erop klom en in het donker bij haar onder de deken kroop. Er werd niets gezegd, Joy hoorde alleen het gesnurk van slapende mensen. Ze probeerde zich even van de domme te houden, alsof ze nog sliep, om wat tijd te rekken en zich te realiseren wat er gebeurde. Er kroop een parasiet in haar bed! En die legde nu een hand op haar heup! Veel meer tijd had ze niet nodig. Ze draaide zich bruusk om, zette zich met haar voeten schrap tegen de muur en gaf de viezerik een enorme duw. Een kreet, de deken werd van haar weggetrokken, toen een plof en even rust. Haar kamergenoten werden wakker, deden het licht aan en kwamen kijken wat er aan de hand was. Half op en half onder de deken lag die Japanse gutsgleuf, met van pijn vertrokken spleetoogjes.

'Give me the blanket,' beval Joy de eerste de beste. Die wikkelde voorzichtig de deken van het Japanse meisje af en gaf hem aan Joy terug. Ze pakte de deken aan, kroop er woedend onder, draaide zich om en negeerde de heisa onder haar bed.

De volgende dag hoorde ze van Hoeka dat het meisje een arm had gebroken en naar de spoedeisende hulp was gebracht. Hij was zelf niet meer in staat geweest haar te brengen, dus had hij een taxi gebeld en vanochtend haar bagage naar het ziekenhuis gebracht. Ze zou niet meer terugkomen.

'Wellicht kunt ge overwegen dit te vergeten? Zeker als ge het u in de buurt van politie en reisgidsensamenstellers niet zoudt herinneren, zou het de directie een eer zijn u nog twee weken kosteloos logies aan te bieden.'

Aangezien Joy helemaal niet van plan was in de buurt van politie te komen en ze nog nooit een reisgidsensamensteller van dichtbij had gezien, wilde ze dat voorstel wel in overweging nemen. Nadat ze nog even moeilijk had gekeken, verhoogde Hoeka zijn aanbod tot drie weken en een lingeriesetje naar keuze.

Deal.

Joy vond een baantje in La Belle Époque, een inwisselbare nachtclub waar alle clichés waar bleken te zijn: de eigenaar was een zwetende bullebak die zijn resterende haren met reuzel over zijn schedel had geplakt en op een stomp sigaar sabbelde. Het ongedierte schuifelde door de kleedkamers, haar collega's spraken met veel keelklanken en de clientèle kon de handjes niet thuishouden. Toen de portier de derde dag afgezogen wilde worden in ruil voor zijn bescherming, moest Joy opeens dringend elders zijn. Iets meer klasse graag.

Hoeka was steeds bijzonder geïnteresseerd in haar vorderingen en het speet hem dat ze haar draai niet vond. Hij verzekerde haar dat iemand met zo'n lichaam en zo'n talent niet in louche rattennesten hoefde te werken. Voor haar klapten de poorten van paleizen open, binnenkort zou ze vergeten zijn hoe de straat aanvoelde, gewend als haar voetjes zouden raken aan dikke rode lopers. En dagelijks zou ze in haar neusje het geprikkel voelen van onstuimige champagnebelletjes. Joy schoot in de lach, maar Hoeka hield voet bij stuk. Al moest hij er hoogstpersoonlijk zorg voor dragen. Ze wist dat Hoeka rond dit uur van de dag meestal al een halve gram Afghaanse exportkwaliteit in rook had laten opgaan en besteedde er verder geen aandacht aan.

Twee dagen later sprak hij haar weer aan: van een van zijn vele kennissen – type hosselaar met leren jasje – had hij gehoord dat er nog een danseres gezocht werd voor een grote party over tien dagen. De beoogde danseres lag in de knoop met haar twaalfvingerige darm of zoiets, en Hoeka had gezegd dat hij nog wel iemand kende. Als ze wilde, kon hij direct iemand bellen.

'Een grote party? Wat voor feest?'

'Wee'k niet. Zal ik vragen. Goesting?'

'Ik ben gek op party's. Bel maar.'

Binnen een half uur meldden twee mannen zich bij de receptie. De eerste stelde zich voor als 'Dave van de organisatie' en gaf Joy een typische tweedehandsautoverkopershand: met de elleboog gebogen en de handpalm naar beneden gekeerd, zodat je dichterbij moet komen dan strikt noodzakelijk en de handdruk moet pareren met een ongemakkelijke greep. De tweede man, een boomlange neger, gaf een laf handje, de vingers niet gestrekt maar licht gebogen en schuin naar beneden wijzend. 'Kenneth, choreograaf.'

Voor een geheime fetisjparty zochten ze met spoed nog iemand voor een pas de deux – een soort showballet met betere verdiensten. Profiel van de gewenste danseres: pittig ding, twee of meer tieten, net aan legale leeftijd en een beetje lenig.

Joy herkende zich daar volledig in en bewees een en ander in een demonstratie in het kantoor. Ze voerde wat opdrachten van Kenneth uit en kennelijk tot diens tevredenheid, want opeens stond hij op, zei dat hij dit grietje wel op tijd klaar kon stomen en liep weg.

Dave had tijdens haar performance stoïcijns zitten te sms'en, terwijl hij af en toe een neutrale blik op Joys lichaam wierp. Nu kon hij weer in actie schieten. Hij legde Joy de gang van zaken uit. Morgenvroeg in de studio van Kenneth komen en dan een week oefenen met haar partner. Twee dagen voor het feest generale repetitie, op de dag van het feest knallen dat de spetters ervan af vliegen. Gage tweeduizend euro, bij tevredenheid kans op meer opdrachten. Graag hier even tekenen, iets met aansprakelijkheid.

'Ach ja, de kleine lettertjes, die horen er nu eenmaal bij.' Hij liet een tweedehandsautoverkoperslachje horen en gaf haar als afscheid weer zo'n nare hand.

Hij was het kantoor nog niet uit, of Hoeka kwam binnen. Joy raapte haar kleren bij elkaar en vertelde hoe het gegaan was. Ze voelde zijn broeierige blik, die ze aangenamer vond dan de professionele vleeskeuring van Dave en Kenneth. Heel langzaam kleedde ze zich aan, om Hoeka te bedanken voor zijn hulp. 'Merci, pik, ik ga je zien.'

De volgende ochtend belde Joy aan bij de dansstudio van Kenneth, een sjofel pand in een niet al te frisse wijk nabij het Noordstation. De grote choreograaf deed zelf open en bracht haar naar de danszaal – spiegels aan drie kanten, stroeve, licht verende vloer, vochtplekken in het plafond en koffiezetapparaat naast de stereo. Functioneel kaal. Kenneth schonk twee bekers koffie in, ging lekker zitten in een ogenschijnlijk bijzonder ongemakkelijke houding, bekeek Joy nog eens uitgebreid en klopte toen vriendelijk op de mat.

'Allez, zet u, dan vertel ik wat we gaan doen.'

Nu volgde een lang verhaal over aantrekking en afstoting, seks en geweld, macht en onderwerping – ze begreep er weinig van. Ze keek naar Kenneths handen die sierlijke bewegingen maakten bij alles wat hij zei. Naar zijn merkwaardig onder zijn bovenlichaam gevouwen benen. Naar zijn markante kop met glimmende schedel. Ze knikte wat en dronk koffie.

Kenneth bleek zelf haar tegenspeler te zijn en had een complex plan opgesteld met daarin elementen capoeira, ballet en striptease, toegesneden op de aard van het evenement. Smachten, schoppen, smeken en wat bondage. Niet te plastisch, wel symbolisch en performatief.

Joy bleef knikken. Eerst hard oefenen op salto's, karatetrappen en evenwicht. Daarna oriëntatie, timing en het showelement; de hele rataplan. De kostuums komen later deze week.

'Aan de slag, de tijd dringt.'

Het scenario beviel Joy wel. De dansers waren aan elkaar gewaagd en pas aan het eind raakte Joy de controle tijdelijk kwijt en nam haar partner het helemaal over, maar na talloze keren oefenen had ze ook daar vrede mee. Hij zou haar kortstondig swaffelen en dan een potje sjorren boven het publiek. Allemaal best, dat was haar probleem niet. Ze zou die reus alle kanten van het podium op beuken.

Nobody fucks with Joy!

Bloed op de dansvloer

Op een avond zat ik mijn zonden te overdenken in de Dolle Mol, een mooi café met artistiek, links-Vlaams publiek. Het was een rustige avond en dan trek je als eenzame bezoeker gekken aan die om een praatje verlegen zitten. Ik raakte aan de praat met een type in schipperstrui en leren frak, zo'n ongeschoren brok anti-establishment, dat hier in Brussel naar een wazig concert was geweest en nog een pint kwam drinken voordat hij terug zou gaan naar Leuven. Ik liet hem in de waan dat ik kunstenaar was en probeerde hem zo veel mogelijk aan het woord te houden. Een ouwe punker, later groot fan van de new-beat en via via in de hedendaagse minder toegankelijke herrie beland.

Ik rook de krochten van de grootstad in zijn verhalen en vooral de kans om via hem die spelonken te exploreren. Ik liet hem verhalen uit de oude doos vertellen; voorzag hem van een gestage aanvoer van pinten en wodka en vroeg hem, toen hij zich begon te herhalen, hoe het zat met de huidige situatie. Daarvan was hij minder goed op de hoogte, maar met samenzweerderig toegeknepen oogjes wist hij wel te vertellen dat er binnenkort een goede fetisjparty zou zijn. Ik haalde nog een wat zwaarder biertje voor ons, zei dat ik daar wel oren naar had en wist hem de datum te ontfutselen, alsmede het nummer van zijn mobiel. De locatie was nog geheim, dus daarover moest ik de dag zelf nog contact opnemen.

Zo belandde ik anderhalve week later op BloodFloodLands, ergens in een geblindeerde keet op het Thurn & Taxisterrein. Binnen was alles goudgespoten. Mannen in rubberpakken met bivakmuts, vrouwen in latex en met een Venetiaans maskertje. Ik had een leren monnikspij aan, waarvan ik de kap ver over mijn Mussolinimasker kon trekken. In een kooi tegen het plafond geplakt zat de DJ. Hij koos zijn muziek in golfbewegingen, van ambient via gothic naar industrial en techno, waarin hij elk halfuur een climax wist te bereiken om dan weer subtiel af te zakken.

In goudkleurig leer gewurmde moddervette vrouwen liepen rond met giftig gekleurde drankjes. Op hun maskers zaten snuifkokertjes gepind. Achter zich hadden ze kleine zwarte jongetjes met hun hoofd in verband gewikkeld, die schalen met coke droegen. Een van de jongetjes prepareerde een lijntje voor me. De bittere smaak spoelde ik weg met iets blauws dat smaakte als inferieure aquavit. Ik pakte voor de zekerheid nog een groen bruisend drankje in een champagneglas en knabbelde een Rennie om de aquavit te laten indalen. Het dikke wijf vervolgde haar ronde en trok het cokejong aan een ketting met zich mee. Hij moest haar stappen nauwkeurig volgen, want de ketting zat vast aan een eikelpiercing. Hij hield het mes waarmee hij de coke versneed in zijn vuistje alsof hij zich los wilde snijden, maar het korte moment dat onze blikken elkaar kruisten, zag ik geen pijn of angst in zijn kooloogjes.

Bij de meeste bezoekers was het voldoende om hun ogen te zien als je wilde weten wat ze dachten, zelfs met achterlijk veel drugs op. Twee gaten in een bivakmuts zijn voldoende om iemands ziel te verraden. De meeste mannen probeerden geblaseerd te kijken, maar ik kon zien dat ze al een beetje opgewarmd raakten. Soms ook een slepende, keurende blik achter iemand aan, die meer dan nieuwsgierigheid verried. Natuurlijk herkende ik ook meteen de brildragers, aan hun iets toegeknepen gluurogen. Eén man had zijn bril over zijn leren masker gezet, waardoor hij sprekend op MC Hammer leek. De pofbroek droeg ook bij aan dat beeld. De vrouwen keken zoals ze altijd kijken: heeft niemand anders mijn jurk aan?

Enorme ventilatoren aan het plafond probeerden de oplopende warmte onder leer, lak en latex weg te blazen. De bezoekers spraken loom en maakten afgemeten bewegingen, alsof ze hun energie wilden sparen. De DJ draaide een nummer van Laibach en een enorme vonkenregen spatte naar beneden, alsof zijn draaitafels in slijptollen waren veranderd en de spijlen van zijn platform door wilden slijpen. Een glazen podium dat met scheepskettingen aan het dak was bevestigd, werd met een lier langzaam gevierd tot het op ongeveer drieënhalve meter hoogte hing, net buiten het bereik van de dansende massa.

Uit een nis in de muur stapten twee mensen op de plaat; een jonge blanke vrouw met een zwarte kilt en een neger in een spierwit pak. Ze begonnen een serie bewegingen die het midden hield tussen vechtsport en paringsdans. De ene danser haalde met een vernietigende trap uit naar de ander, die de voet vastgreep net voordat het lichaam geraakt zou worden en likte van de hiel naar de tenen. Dan een harde duw, zodat de ander een achterwaartse salto maakte en net op de rand van het podium tot stilstand kwam. Applaus uit het publiek.

De dansers stonden nu ieder in een hoek van het zwevende podium. De vrouw trok haar kilt uit, gooide die voor zich, sprong er met een aanloop op en gleed op haar knieën naar haar partner. Die hief zijn armen op, als wachtte hij de klap af. Hij greep haar schouders en maakte over haar hoofd heen een koprol. De vrouw sprong op, draaide om haar as en dook boven op hem, zette zich schrijlings op zijn benen en scheurde zijn witte pak open, een van olie glanzend lichaam ontblotend. Ze gaf hem met haar vlakke hand een klap in het gezicht.

Toen stonden ze op en draaiden als roofdieren rondjes om elkaar. De vrouw loerde geconcentreerd, de man huppelde met schijnbewegingen om haar heen. Hij sprong vooruit en omvatte haar middenrif met beide armen. De vrouw gaf een snelle klapzoen op zijn hoofd en glibberde moeiteloos uit de omknelling. Ze rende naar een van de vier kettingen aan een hoek van het platform en ving, na een gestrekte draai om de ketting, het hoofd van de toesnellende neger tussen haar benen. Ze klemde haar dijen met kracht samen. Hij kon geen kant meer op en tijdens zijn hulpeloze gespartel richtte zijn pik zich op. De vrouw liet de ketting los en viel met haar volle gewicht op de man. Het publiek juichte en de DJ zette een plaat van After Whatever op.

Binnen een fractie van een seconde sprong de man echter op, gaf een ruk aan de benen van de vrouw die daardoor hard met haar hoofd op de vloer knalde en hij maakte van haar versuffing gebruik door haar armen met handboeien aan de ketting vast te klikken. Er borrelde een demonische lach van ergens onder zijn maag op. Hij trok de vrouw aan haar haren omhoog zodat ze op haar knieën kwam te zitten, de handen stevig achter zich gekluisterd. Hij maakte een radslag naar de andere kant van het podium, stak zijn armen in de lucht als de nieuwe wereldkampioen wijvenvangen en trommelde op zijn borst.

Hij begon zich boven het publiek af te rukken en toen de muziek een hoogtepunt dreigde te bereiken, keerde hij terug naar de vrouw. Met enkele snelle heupbewegingen sloeg hij haar in het gezicht. Toen nam hij wat afstand en richtte zijn lul op de smachtend geopende mond van zijn danspartner. Langzaam naderde hij haar, opgezweept door het ritmische geklap van het publiek. Op een afstand van ongeveer een halve meter spoot hij een dikke straal pis recht in de open mond van de vastgebonden danseres. De zeik stroomde over haar gezicht, liep langs haar lichaam en vloeide over de rand van de glazen plaat naar beneden. De danseres kronkelde, proestte en wrong zich in allerlei bochten om de gele douche te ontwijken. Als een paling in een bak chloor zwiepte ze op en neer, trappend naar de man, uit alle macht proberend uit de handboeien te glippen, maar tevergeefs.

Het publiek was in extase, zelfs zij die de onverwachte gouden regen over zich heen kregen. Toen de man hysterisch lachend de laatste druppels uit zijn lul schudde, bleef de vrouw trillend in het vocht liggen.

De man maakte haar los, hielp haar opstaan en dwong de vrouw hardhandig te buigen voor het publiek.

The Road to Joy

'Dat was niet de afspraak!' schreeuwde Joy.

'Hoezo niet? Volgens het contract heeft de choreograaf de vrije hand in de act. Als hij op welk moment dan ook wijzigingen wil aanbrengen, dan mag dat.' Dave van de organisatie keek er zeer juridisch bij.

'We hebben dagenlang geoefend en hij zou klaarkomen boven het publiek.'

'Maar als hij dit nou een sterker beeld vond? Wij willen hem niet beperken in zijn artistieke opvattingen. Kunst valt toch niet te censureren?' Nu keek hij opeens Heel Kunstminnend.

'Het gaat niet om censureren! Het gaat erom dat die puddinglul mij gewoon onder staat te zeiken terwijl ik vastgebonden was!'

'Eerlijk gezegd vind ik dat ook veel beter passen bij een fetisjfeest. Een potje rukken kan je overal zien. Ik vond trouwens dat je geweldig danste.' Kennersblik.

'Klefkikker. Als ik dit had geweten, had ik het nooit gedaan.'

'Misschien hebben we je 't daarom niet verteld. Heb jij trouwens enig idee hoe moeilijk het is om te pissen met een erectie? Nee, grote klasse, van jullie allebei.'

Zijn telefoon ging, want op zo'n moment gaat altijd de telefoon. Dave gooide een envelop met biljetten op de kaptafel terwijl hij met een erg belangrijk hoofd zijn gsm stond te commanderen. Zonder Joy verder nog aan te kijken, liep hij de kleedkamer uit.

Joy keek naar het geld. Als ze het liet liggen, zou ze er wel heel veel voor overhebben om haar eer te redden. Hetgeen impliceerde dat haar eer aangetast was. Klopt, maar ze was te trots om dat toe te geven. Alles was vuiligheid.

Lage lusten zijn lastig te controleren, merkte Joy. Misschien zou ze, als ze hoger inzette, wat meer distantie en beschaving aantreffen. Ze had zichzelf gezien als bezoedelde troela, maar in een lang nachtelijk gesprek wist Hoeka dit uit haar hoofd te krijgen. Hij voelde wel dat hij iets goed moest maken nadat hij haar in contact had gebracht met die kakkerlakken. Joy was vermoedelijk alleen teruggekomen omdat ze in deze stad niemand anders kende, en Hoeka probeerde haar zo goed mogelijk te helpen. Hij overtuigde haar ervan dat ze zeker geen gevallen vrouw was, wel integendeel, juist een standvastig dapper meisje, kaarsrecht. Op eigen benen staan en distantie bewaren. Bekeken worden maar niet geknepen worden. Publiek dat de handjes op de rug houdt, tenzij om te klappen. Jezelf verdedigen met een doorzichtige muur. Joy wist opeens wat haar te doen stond.

Ze moest een levend standbeeld worden! Geen hitsige dansjes meer, geen onfrisse rukkers en geen onbetrouwbare tussenpersonen, maar pure gratie, beschaafd winkelend publiek en volledige vrijheid. Dat ze daar niet eerder aan gedacht had, natte badmuts die ze was! Een zeepkist als voetstuk en nietsvermoedende mensen laten schrikken door opeens je hoed af te nemen. Vol bewondering gooien ze dan handenvol kleingeld in een met fluweel bekleed kistje. Je trekt een grimas om ze te bedanken, dan gaan ze nog even met je op de foto en lopen weer door. *Piece of cake*. Ze moest alleen een tijdje stil blijven staan, maar ze had op school al gemerkt dat ze tot de selecte groep pubers hoorde die geen ADHD hadden, dus dat ging wel lukken. Ze zou een mooi herderinnetje zijn, of een bevallige waterdraagster, een klassieke godin of een eigentijdse Pierrot.

Hoeka begon hard te hoesten en enthousiast in zijn handen te klappen, wat er erg grappig uitzag. Samen struinden ze internet af op zoek naar plaatjes en praktische tips. Met een lange boodschappenlijst en het geld van BloodFloodLands huppelde Joy de volgende ochtend de jeugdherberg uit.

Twee weken gingen voorbij, waarin Hoeka het losgeslagen veulen dat hij nu als zijn pupil beschouwde, slechts met moeite in toom kon houden. Als het aan Joy lag, trok ze een kostuum aan, smeerde een veeg verf op haar smoeltje en spurtte de straat op. Hoeka bleef hameren op perfectie: kleding in orde, make-up tiptop, houding passend.

Joy begreep niet waarom ze dat aannam van iemand die elke dag hetzelfde groezelige shirt droeg, zijn haar nooit in de buurt van water liet komen en met zijn houding en lichaamsgeur een lekkende schimmelkaas imiteerde. Toen hij zei dat het voor haar eigen bestwil was, flipte ze bijna. Ze bleef met moeite kalm en liet zich als een nukkig kind opdoffen, zoals voor de begrafenis van haar ouders, toen ze door oma uit alle macht in iets stemmigs werd gehesen. Oma kamde toen Joys haar tot ze er uitvaartfähig uitzag, Hoeka frunnikte nu aan de veters van sandaaltjes. Na elke geslaagde creatie nam hij foto's, die de volgende keer als voorbeeld dienden.

Pas toen ze vier volmaakte figuren hadden, liet hij Joy los.

Jaagpad

Ze was een natuurtalent – natuurlijk was ze dat. Als ze een middelmatig standbeeld was geweest, was ze me nooit opgevallen. Als ze met trillende armen, uitlopende schmink en rommelende maag op de Grote Markt had gestaan, zou ik haar nooit hebben opgemerkt.

Het kost wat moeite, maar het lukt vaak wel: lelijke dingen ontwijken. Tijdens het televisiekijken vergroot je je kansen als je commerciële kanalen vermijdt. In een museum verdiep je je snel in de plattegrond als je door een zaal met werk van Donald Judd loopt. Op straat – de meest onvoorspelbare plaats – vergt het enige ervaring en een zonnebril. Ik wil niet zeggen dat je je dient af te sluiten voor je omgeving, want dan mis je ook het mooie. Het filteren van impulsen, dat is de kunst. Je hersenen zetten een visuele stimulans om in een beeld waar je je dan een mening over begint te vormen. Is die mening negatief, dan kijk je niet meer.

Wij interim-managers merken onmiddellijk een overbodige stap in dit proces op. Wat betreft efficiency is het veel voordeliger je mening al te vormen vóórdat je hersenen een compleet beeld hebben. Een glimp is voldoende, die *triggert* een primaire reactie en op basis daarvan kunnen je hersenen al dan niet in actie schieten. Het liefst niet, dat scheelt kostbare denkkracht.

Dus toen ik op een middag door het centrum slenterde en

via de Guldenhoofdstraat de Grote Markt op liep, registreerde ik in de hoek van mijn rechteroog iets wat direct *getagd* werd met een blauw zwaailichtje: attentie vereist.

Ik keek nog eens en mijn hersenen construeerden een standbeeld in vergrijsd marmer, tegen de gevel van het stadhuis gedrukt. Nu verzakt dat gebouw ongeveer van de standbeelden, dus dat was niet wat me verbaasd deed opkijken. Wat het dan wel was, weet ik niet zeker. Wellicht de knalrode rozen in de handen van het beeld, wellicht de ontblote borst, misschien de fijne handen zelf. Op een eenvoudige houten krat stond een godin. In het opgestoken haar droeg ze een bloemenkrans, haar blik was naar beneden gericht. Ze droeg een eenvoudige jurk waarvan het rechterbandje op haar schouder hing en het linkerbandje was afgezakt tot halverwege haar bovenarm. Haar linkerarm was uitgestoken, alsof ze de roos aan de voorbijgangers wilde geven. In haar rechterhand nog meer rozen, maar die hield ze half onder een plooi van de jurk, tegen haar lichaam. Een klassieke schoonheid met enkele barokke details. Uit haar houding sprak eerbaarheid, de bloemetjes waren lieftallig en ze was jong genoeg om de perfecte onschuld uit te beelden.

Enigszins in tegenspraak met deze simpele voorstelling van een godin die zich over bloemetjes ontfermt, was de welgevormde linkerborst en het stoute glimlachje om haar lippen, alsof de godin een binnenpretje had over bloemetjes, bijtjes en blote borsten.

Ik nam enkele foto's en gooide wat muntgeld in het bakje tussen haar voetjes. Als blijk van dank streek ze, toen ik me weer oprichtte, met de roos langs mijn neus. Toen ik opkeek, had ze haar vaste houding weer aangenomen.

Het duizelde me, opeens begreep ik dat een beeldhouwwerk nog een zintuig kan plezieren. Ik wankelde naar een terras, zocht een tafeltje uit van waar ik haar nog juist kon zien en bestelde een Gueuze, met de geur van de roos nog in mijn neus.

Even voor de duidelijkheid: hebt u ooit aan een standbeeld geroken? Ik ook, en je ruikt niets bijzonders. Stof, oxidatie, of als het beeld buiten staat, met een beetje geluk vers mos en met pech urine. Beelden ruiken niet naar bloemetjes.

Het jachtseizoen was geopend – Joy had haar eerste trouwe fan. Elke dag wist hij haar te vinden en bekeek haar van enkele meters afstand. Langzaam kwam hij dichterbij en maakte wat foto's.

Na een dag of tien stond hij vlak bij haar en kon Joy zijn aftershave ruiken, een hip geurtje voor de ietwat verwijfde metroman. Voor zover haar houding het toeliet, probeerde ze hem ook te bekijken. Mid-dertiger met blauwe jas, zonder stropdas. Beschaafd hoofd waarmee hij toch iets autoritairs uitstraalde. Prijzig ogende camera, nette schoenen onder onopvallende broek. Beetje type bankyup, maar geen beginnende pens en geen scheiding in zijn haar, waar je de echte yup in het weekend aan kan herkennen. Best wel sexy adamsappel.

Na een week gooide hij geen muntgeld meer in haar bakje, maar haalde hij een geldclip uit zijn achterzak en pelde daar een biljet van af. Mannen met geldclips zijn niet te vertrouwen, wist Joy. Gelukkig viel hij in de categorie patsers die nog net de beschaving hebben de grote biljetten onzichtbaar in het midden te vouwen, bedacht ze toen ze een tijd voor zich uit had staan denken hoe ze toch in allejezusnaam voor zichzelf moest verantwoorden dat ze bijna elke dag twintig piek van hem kreeg toegestopt.

Hoewel, hij gooide het tussen haar voeten. Snel elke keer een gracieuze manier vinden om het briefje uit het bakje te vissen voor een of ander engnekje het nikte. Ze maakte dan een diepe buiging, grabbelde het geld uit het bakje en liet 't onopvallend ergens tussen haar kleren glijden. Zo kon het gebeuren dat ze pas na enige tijd merkte dat er een telefoonnummer op de biljetten geschreven was, in een priegelig en on-Belgisch handschrift.

Ze vertelde Hoeka uitgebreid over de fan die haar recette dagelijks opkrikte. Hij leek niet onder de indruk. Hoeka vond hem een ordinaire stalker die zich, getuige dat telefoonnummer, niet eens aan de simpele regels van het stalken wist te houden. En een hoerenloper bovendien, iemand die een *schuûn biesjke* lokt met geld. Een fetisjist die seks met een standbeeld wil.

Maar Joy was geen lustobject meer, ze was nu een kunstwerk.

'En als je het vreemd vindt dat mensen geld betalen om kunst te zien, ouwe, probeer dan vooral alles waar 'museum' of 'galerie' op staat, te vermijden, want dat zijn open gestichten waar de gevaarlijke gekken elk moment naar buiten kunnen stormen om je te achtervolgen met gebroken ogen terwijl ze tweetalig "must... kill" prevelen.'

Zelfs daarmee kreeg ze de serieuze blik niet van Hoeka's tronie.

'Als ge werkelijk denkt dat mannen met te veel geld naar de Grote Markt gaan om daar stijl en compositie van een levend standbeeld te bewonderen, om het in gedachten met Griekse meesters te vergelijken, dan zijt ge naïef als een lam dat vrolijk mekkerend naar de vriendelijke man met het kromzwaard dartelt. Als die *smeirlap* al in kunst is geïnteresseerd, is het in dat ene werk met die ontblote tet en dat warme lijf.'

Dat deerde Joy niet, ze stond te popelen om nader kennis te maken met de geheimzinnige gulle fotograaf. Ze wilde wel eens weten wat hij met die foto's deed. Volgens Hoeka kon het niet anders dan dat hij 's avonds voor zijn computerscherm vrouwonvriendelijke fantasieën zat te botvieren.

'En wat nou als hij voor een of ander bureau werkt? Daarbij, wat dan nog als hij de foto's voor zichzelf gebruikt? Wat doe jij eigenlijk met de foto's die je van mij hebt gemaakt?'

Dat leek Hoeka toch echt heel anders, hij had geholpen de presentatie te vervolmaken en hij deed elke dag haar make-up; dus puur uit praktisch oogpunt...

Joy schoot in de lach, gaf Hoeka een klein kusje op zijn schaamrode wang en vlinderde naar de douche. Genoeg Pierrette voor vandaag, tijd voor een borrel. En een telefoontje.

Ik wist hoe laat ze meestal genoeg had van stilstaan, ik wist in welke jeugdherberg ze logeerde, ik wist alleen nog niet hoe ik haar aan zou spreken. Ze maakte het makkelijker door opeens te bellen. Het duurde even voor ik besefte dat zij het was. Ook al dacht ik vele malen per dag aan haar, ik wist niet wat haar naam was en hoe haar stem klonk.

Nu moest ik voorzichtig handelen. Ik vertelde haar dat ik een grote interesse in standbeelden had, en dat haar performance zo overtuigend en haar lichaam zo mooi waren dat ik graag eens wilde afspreken met zo'n beeld. God, wat klonk ze jong en lief. Ze was gevleid door mijn complimenten, maar ik merkte dat ze het eng vond om met een vreemde vent af te spreken.

Uiteindelijk stemde ze in met een kopje koffie op neutraal terrein, het terras van Le Roy d'Espagne, zo'n hoofdzakelijk door bejaarde Franssprekende dames gefrequenteerd grand café op de Grote Markt.

Hoeka verklaarde haar voor gek en leek zelfs boos. Waarom zou ze met hem afspreken? Dat hij haar pervers veel geld gaf was al verdacht, dat ze hem gebeld had was stom en dat afspreken was iets waar ze megaspijt van zou krijgen.

Joy vond het schattig dat hij zo bezorgd om haar was, maar werd nu eenmaal iebelig van goede raad.

'Waarom ga je dan niet mee? Dan kan je me beschermen.'

Donderdagmiddag vier uur. Ik zat met een koffie en *De Morgen* in het zonnetje. Sportief, niet te opzichtig gekleed. Grote zonnebril om de omgeving goed in de gaten te houden. M'n sympathieke-man-van-de-wereldgeurtje op. In mijn ooghoek zag ik de rasta aankomen die ik achter de receptie van haar hostel had zien zitten toen ik haar 's avonds was gevolgd. Zo, de chaperonne was er reeds. Joy kon elk moment komen. De rasta bestelde een groene thee en bladerde door de *Humo*, om niet op te vallen. Vergeefs natuurlijk, want tussen de chique oude wijven viel hij op als een bromvlieg in een glas advocaat.

Aas aan de haak

'Hoi, ik ben Joy.'

Ik keek op, legde de krant terzijde, stond half op en stelde me voor toen ik haar een hand gaf. Ze glimlachte.

'Ga zitten. Wil je wat drinken?' Weer een lachje.

'Daarom ben ik hier.'

Ik zette mijn bril af en lachte terug.

'Dan regel ik dat.' Ik wenkte de garçon.

Joy bestelde iets wat ik niet helemaal verstond, maar klonk als een klein slokje koffie met te veel melk. Nog een espresso voor mij. Ze droeg een spijkerbroek met ingeweven slijtageplekken, en een blauwe blouse; zedig, defensief gekleed. Geen make-up, haar in een staartje.

'Nog een Hollander in Brussel. Waar ben jij voor op de vlucht?'

'Ik ben niet op de vlucht, ik ben alleen op zoek.'

'Dus je wilde mij eens ontmoeten? Waarom zocht je mij?'

Ze leunde achterover, haar blik strak op me gericht. Het lachje was weg: snel ter zake komen, argwanend, Hollandse directheid, ik mocht dat wel.

'Ik wilde graag eens met een standbeeld praten.'

'Waarover?'

'Over hoe het is om een standbeeld te zijn. Waar denkt een beeld aan, al die uren te midden van de drukte, voelt een standbeeld wel eens pijn, weet een standbeeld dat het mooi is?'

En mooi was ze. Vanaf de geboorte van een kind groeit de schedel harder dan de lichaamsdelen op die schedel. Als een kind ongeveer twaalf is, heeft de schedel zijn definitieve grootte bereikt, maar neus, oren en huid blijven de rest van het leven groeien. Aan het begin van de puberteit is de strijd tussen jeugd en volwassenheid het best zichtbaar: het volwassen hoofd getooid met onschuldige oortjes. Als het kind hoogbejaard zal sterven, zal het datzelfde formaat hoofd hebben, met oren die in oppervlakte verdubbeld zijn, een mond die door de zwaartekracht is gaan hangen en genoeg extra huid om een nieuw kind mee te bekleden.

Het toppunt van schoonheid bereikt een mens op zijn achttiende, als de wet bepaalt dat zijn neus groot genoeg is om die in zaken te steken. En de schoonheid is voorbij als de mens zijn oren laat hangen naar andermans gezwets. Helaas kan dat al voor de twintigste verjaardag zijn. Sommige mensen is maar zo'n korte bloeitijd gegeven dat je eigenlijk niet genoeg foto's kan nemen. Voor je 't weet zijn het rimpelende twintigers die, eendrachtig in verwachting, nog vijftig jaar je uitzicht bezoedelen.

De ober bracht onze koffie. Ik onderbrak haar. 'Maar dat bedoel ik niet precies. Wil je mijn suiker ook? Kijk, jij speelt dagelijks dat je een standbeeld bent. Heb je enig idee hoe een beeld zich voelt?'

'Wat steen en brons voelen, wat in een marmeren kop omgaat? *How the fuck should I know?*'

'Dat weet ik niet, maar als ik het aan iemand moest vragen, koos ik voor jou.'

'Waarom mij? Van wie moest je dat vragen? Ben je een schrijver ofsow?'

Ze pakte een Belga uit mijn pakje, stak die op en blies de rook naar boven, terwijl ze me bleef aankijken. Haar blik kreeg er iets strengs door, omdat ze één wenkbrauw moest optrekken om door de rook te priemen.

'Waarom zou ik het niet juist aan jou vragen? Jij komt zo dicht bij een echt standbeeld als ik me maar kan wensen. Heb je daar nooit over nagedacht?'

Stilte. Nog een stilte.

'Nee, nou, eigenlijk niet.'

'Jammer.' Ik nam een slok espresso en liet mijn ogen over het stadhuis glijden. 'Kijk eens naar dat beeld daar.' Ik wees naar een patriciër hoog boven het plein. 'Die man heeft in zijn lange bestaan zo veel gezien. Hij heeft bezettingsmachten zien komen en gaan, heeft de modegrillen van eeuwen gevolgd, heeft het karakter van handeldrijven zien veranderen. Wat zou deze in zijn tijd modieus geklede koopman uit een land dat nog lang geen België heette, daarvan denken? Kijkt hij met afschuw op ons neer? Vermaakt hij zich met dit schouwspel?'

'Dat beeld denkt niks. Dat beeld weet niet dat we hem nu bekijken. Dat beeld heeft er zelfs geen mening over als de duivenstront eens per tien jaar van hem afgebikt wordt.'

'Dat is de meest aannemelijke en erg saaie opvatting. Als dat beeld kon spreken, weet ik zeker dat het honderduit zou vertellen.'

'Dan moet je niet bij mij zijn, maar bij Professor Barabas. Die heeft een klankentapper uitgevonden waarmee je met beeldjes kan kletsen.' Ze klonk nu kregelig, ze leek niet van plan mee te gaan in mijn gedachte-experiment. Ze vond me waarschijnlijk geschoffeld. 'Daarbij, ik speel pas een maand standbeeldje. Hoe zou ik moeten weten wat die tjappie de laatste vierhonderd jaar bedacht heeft?'

Nu stak ik ook een sigaret op. 'Natuurlijk kan je dat niet weten, 't was alleen een voorbeeld. Niemand weet waarom de Mona Lisa zo'n vals lachje om haar lippen heeft. Luister...'

Ik vertelde Joy dat ik kunsthistoricus was en werkte aan een studie van beeldhouwwerken en daartoe graag wat meer zou willen weten van het innerlijk van een beeld. Dat zou voor mij deuren openen tot een beter begrip van de kunstwerken en de kunstenaars die hun hele ziel in het werk hadden gestopt. Dat stukje achtergrond leek Joy net nodig te hebben om zich wat meer op haar gemak te voelen. Ze stelde geïnteresseerd vragen.

Nadat ik de eerste drie had beantwoord, wierp ik een blik op mijn horloge en vroeg een serveerster de rekening. 'Joy, het spijt me heel erg, maar ik heb nog een afspraak elders. Echt, ik zou het fijn vinden als je de komende tijd dat je hier op de Markt staat, nadenkt als een standbeeld en me dat een keer wilt komen vertellen. Als onkostenvergoeding geef ik je dan driehonderd euro. Hier is mijn kaartje, bel me over een paar weekjes alsjeblieft. Bedankt dat je wilde komen en nogmaals sorry dat ik weer zo snel weg moet.'

Ik legde tien euro op tafel, gaf haar een hand, pakte mijn spullen en stond op.

'Doei, tot snel,' zei ze toen ik wegliep.

Ik gaf haar rasta een dikke knipoog en liep naar de bushalte. Vrolijk floot ik *Headhunter* van Front 242 toen ik de hoek omsloeg:

1. *You lock the target;*
2. *You bait the line;*
3. *You slowly spread the net, and*
4. *You catch the man.*

'Enig idee wat standbeelden denken?' vroeg Joy.

Ze was naar het tafeltje van Hoeka gelopen en schoof een stoel naar achteren.

'Bestel twee pinten, dan zal ik het u vertellen.'

Ze zwaaide naar iemand en maakt het internationale tweebiergebaar. Toen zakte ze behaaglijk achterover en keek Hoeka aan.

'Nou?'

'De meeste beelden denken de hele dag slechts aan één ding... Als het regent, word ik nat.'

Joy deed een tjoerie, het geluid dat je maakt als je lucht tussen je boventanden naar binnen zuigt. 'Jij hebt daar zo ontzettend nooit over nagedacht, zuppi. Waar denk jij eigenlijk aan als je je zesde jonko van de dag hebt gedampt?'

Gelukkig wist Hoeka zich te beheersen en schakelde hij niet zelf over op het dialect van zijn geboortedorp: '*Talk to the hand, coz the face ain't listening.* Een standbeeld denkt nergens aan. Een beeld is een hoop klei met een dun laagje metaal, of een klomp steen. Klompen en hopen denken niet. Die Hollander van jou is stapelgek.'

'Het is niet mijn Hollander en ik vind zijn vraag wel interessant,' wierp Joy tegen, 'maar jij bent niet bereid je daarin te verdiepen?'

Hoeka verdiepte zich in zijn pint en zweeg.

'Of ben je bang dat hij me alleen probeert te versieren?'

'Die janet? Nee, dat niet, maar ik vertrouw hem niet. Die stupide vragen over standbeelden... da gelooft ge toch zelf nie?'

Joy vond het eigenlijk niet zo belangrijk of ze hem geloofde. Hij had er geld voor overgehad om naar haar te kijken en nu wilde hij haar betalen om naar haar te luisteren. Zolang hij maar met zijn poten van d'r afbleef, was ze graag bereid hem te vertellen wat hij blijkbaar horen wilde. Ze nam zich voor de aankomende weken van alles uit haar duim te zuigen. Waar een standbeeld zich allemaal druk om kan maken, daar kon ze wel een boekje over opendoen, ie sabie! Wat surfen om de termen te leren, wat andere beelden bekijken en dan volledig losgaan.

Beet

Twee weken later hapte Joy. Ze had er over nagedacht, zei ze. Ik nodigde haar uit bij mij thuis, omdat ik graag geluidsopnames wilde maken. Ze leek een moment te aarzelen, alsof ze het toch niet pluis vond, maar ze herpakte zich snel en zegde toe. Ik gaf het adres en een korte routebeschrijving, 'de bus stopt recht voor mijn huis.'

'Goed, donderdag negen uur. Tot dan.'

Joy had wel een huis verwacht dat bij zijn poenerige manier van doen paste, maar niet zo'n joekel. Ze was ruim op tijd, dus kon ze nog een rondje om het pand maken. Een vierkante kolos met smalle metershoge ramen, aan twee kanten grenzend aan de straat en aan de andere twee kanten omgeven door braakliggend terrein. Bruine baksteen met sierstenen in de gevel, twee flinke dakkapellen met torentjes aan de straatkant. Het zag er strak uit, niet als de sierlijke huizen met allerlei tierlantijntjes zoals je die in het centrum soms nog aantrof, meer als de villa's rond het Vondelpark in Amsterdam. De verlichte ramen leken op gele tanden in de opengesperde muil van een roofdier, waarin vooral de onderkaak gemeen flikkerde.

Ze belde aan. Alleen zijn naam stond op het naambordje.

'Joy! Fijn dat je gekomen bent. Welkom in mijn stulpje.' Hij deed een stap opzij en liet haar allerhoffelijkst binnen. 'Mag ik je jas aannemen?'

Joy stopte haar telefoon in haar broekzak en gaf hem haar jas. 'De tering, wat een huis. Woon je hier helemaal alleen?'

'Jazeker, wil je een korte rondleiding?'

Ze liepen door de hoge vertrekken, de woonkamer, de grote luxueuze keuken, de werkkamers, de badkamers, slaapkamers, pianokamer. Strak en modern ingericht, een beetje kaal, vond Joy. Hij verontschuldigde zich daarvoor.

'Ik heb het druk. Heb nog niet de tijd gehad die witheid met wat meubels en schilderijen op te fleuren.'

'Of wat standbeelden,' giechelde Joy, 'het is hier groot genoeg.'

Hij grinnikte mee. 'We kunnen zo even kijken of dat werkt.'

Ze keek over zijn schouder naar een stevige deur.

'Die leidt naar het souterrain. Opslag, één grote bende. Project voor de komende maanden, dus als je 't niet erg vindt...'

'Nee, nee, *curiosity killed the cat*, je weet toch.'

Zijn wenkbrauwen sprongen in de *What-the-fuck*-stand.

'Ken je die uitdrukking niet? Laat maar, ik wilde niet zo nieuwsgierig zijn.'

Daar was zijn charmante lachje weer. 'Mag deze Blauwbaard je dan iets te drinken aanbieden? Een daiquiri of liever een mojito?'

Hij ging Joy voor naar de keuken en begon van alles op het aanrecht te gooien.

Joy lette scherp op. Waarom deed hij zo vreemd bij de kelderdeur? Hoe komt een kunsthistoricus aan zo'n villa?

'Dus je bent bezig met een boek over beelden en je hebt een huis aan de Auguste Rodinlaan, maar daar staat geen enkel beeld in?'

Haar fan schepte een flinke lepel rietsuiker in de glazen en keek haar over het kookeiland heen lachend aan.

'Vreemd, nietwaar? Ik heb nog wel wat in een loods staan, samen met andere rommel van mijn ouders, maar die abstracte beelden zeggen mij niets. Mijn vader had meer geld dan smaak.'

Limoentje met vaste hand razendsnel in kleine partjes gesneden. Nog een limoentje.

'Ik houd inderdaad meer van Rodin. Jij?'

Joy gaf schoorvoetend toe dat ze alleen *De Denker* kende.

'Meesterwerk. Zeker. Maar of dat zo mooi naast de open haard zou staan?'

Hij kneep het sap van een half limoentje in elk glas en mengde dit met suiker. 'Wacht, in de bibliotheek, links van de leesstoelen, staat een rijtje boeken over Rodin. Pak het grootste maar, dan bladeren we dat door.'

Ja, dikke snikkel voor je, dacht Joy. En jij lekker een hoop rottigheid in mijn glas gooien? *No way*, ik blijf hier. Ze keek hem onschuldig aan. 'De bieb? Eh, ik denk dat ik niet meer precies...'

'Trap op, tweede deur links. Ach, ik loop zelf wel even. Wil jij die munt dan even van de takjes rissen? Zo terug.'

Hij kwam terug met een glimmend fotoboek. 'Hier staat ongeveer alles in. Schitterend werk.' Hij gaf Joy het boek en ging verder met de cocktails.

Terwijl hij de stukjes limoen in de glazen vermorzelde, bladerde Joy van foto naar foto. Sommige beelden herkende ze van internet, maar ze wist niet dat ze van Rodin waren.

'Mooi,' zei ze en gretig sloeg ze de pagina's om. In haar ooghoek zag ze dat hij de blaadjes munt en een handje aardbeien in de glazen gooide en voorzichtig fijnperste. 'Wat een gedoe voor één breezer,' zei ze om zich een houding te geven.

Hij grijnsde. 'Het is het waard, wacht maar.'

Hij draaide zich om naar de koelkast, zo'n kolos uit Amerikaanse films waar met gemak een lijk in past. Gelukkig had ze Hoeka het adres gegeven; hij zou de politie inlichten als ze na vierentwintig uur nog niet terug was. Uit het middenstuk van de koelvriescombinatie haalde hij een lading *crushed ice*. Joy concentreerde zich weer op het boek. Ze zag dat sommige mooie beelden ook ontzettend geile voorstellingen waren.

Niet zo lomp als pornofoto's, maar sierlijk, suggestief, en opwindend.

Haar *private shaker* roerde nu een flinke plens witte rum door het ijs. 'Hoe vind je het beeld op pagina negenentwintig?'

Ze hoorde iets dwingends in zijn stem, maar toen ze verwonderd naar hem opkeek, had hij zich juist omgedraaid. Ze bladerde naar die bladzijde.

'Mijn favoriet', en hij haalde een blikje Spa rood uit de koelkast.

Zodra ze de bewuste foto zag, ging er een schokje door haar heen. Dat kon komen door het precies getimede moment dat hij het blikje openmaakte met een felle *pssjt*, maar het had ook met het beeld te maken, dat haar er keihard op wees dat ze als levend standbeeld, hoezeer ze haar best ook zou doen, nooit dit niveau zou halen. Een perfect lichaam, een dramatische houding, een schitterend hoofd, een lekker kontje...

'Kom, ze zijn klaar.' Ze schrok op.

'Ter zake nu. Proef het resultaat!'

Hij had het dienblaadje centraal op de tafel gezet; Joy mocht een glas kiezen. Welk pak je dan? Het glas dat het verst van je af staat pakken impliceert wantrouwen. Maar als je het niet vertrouwt en hij heeft dat gemerkt, dan weet hij dat je dat glas zal pakken. Of hij denkt dat je niets doorhebt omdat je zo intensief door het boek bladerde, zodat hij de GHB in het glas pal voor je heeft gedaan. Je kan lang en breed lullen, dacht ze, maar de kans blijft vijftig procent dat ik het verkeerde glas pak. En dat risico is voor hem ook te groot. Ze pakte het glas, proostte op Rodin en nam een flinke slok.

Dat smaakte verdomd goed. Hij zag haar genieten.

'Nou?'

'Je had gelijk,' en ze meende het.

'Nogmaals ter zake. Ik wil van je horen wat jij denkt dat een beeld denkt. Voor nadere studie zou ik dat graag opnemen. Oké?'

Joy stemde in, mits het anoniem bleef.

'Aangezien ik je achternaam niet eens ken, moet dat wel lukken,' zei hij terwijl hij met een digitaal voice-recordertje zat te klooien.

'Test test. Is this thing working?'

'*Test test. This thing is working.*'

'Goed, barst los.'

Inbeelding

‘Mooi. Mooi. Mooi. Dit zal me ontzettend helpen.’

We hadden twee uur zitten praten, af en toe onderbroken door een nieuwe cocktail. Ik had naar haar geluisterd, haar gestuurd, gevraagd, aangevuld. Na het gesprek bij Le Roy d’Espagne had ik het idee dat ik de verkeerde vrouw voor me had, omdat ik vermoedde dat ze geen zinnig woord zou uitbrengen, dat haar opvattingen over beelden en hun innerlijk niet verder zouden gaan dan platitudes. Haar verhalen verrasten me. Bonuspuntje voor het meisje dat nu een beetje lodderig voor zich uit zat te staren op de bank. Na de tweede cocktail stond ze niet meer op mijn vingers te kijken, misschien begon ze me te vertrouwen. Het zweet was me uitgebroken toen ze bij de kelderdeur die opmerking over dode katten maakte, en volgens mij had ze dat gezien.

‘Wat zijn je plannen? Welke figuren ga je in je repertoire opnemen?’

‘Weet niet. Dat ene beeld van Rodin vind ik heel mooi, dat is vet moeilijk.’

‘Die lijkt me inderdaad lastig, maar niet onmogelijk. Zoals ik je net hoorde praten, zou geen enkel beeld voor jou te moeilijk moeten zijn.’

Ze lachte lief naar me. ‘Volgens mij gaat het toch het meest om de buitenkant. Niet iedereen wil in de kop van een standbeeld duiken.’

'Dat zouden ze wel vaker moeten doen, maar ik bedoel eigenlijk dat jij je innerlijke kracht naar buiten kan laten komen. Daardoor kan jij elk beeld overtuigend neerzetten, veel meer dan iemand die van een beeld alleen de buitenkant imiteert.'

'Denk je dat? Dat mijn lichaam mooier wordt en mijn make-up beter door de gedachten van een beeld uit te stralen? Ga blazen, vriend.'

'Echt waar. Probeer het en je zal het zien. Kom, doe dat beeld gewoon na en daarna probeer je te denken als dat beeld en doe je het weer na. Ik zal je filmen en dan kan je het resultaat direct zien.'

Joy aarzelde even. Ze pakte het boek van tafel en bekeek de foto's van L'Âge d'airain kritisch. 'Ik geloof er geen augurk van, maar laten we het proberen.'

Ik liep naar boven om de camera en een statief te halen.

Toen ik terugkwam, stond Joy in slipje en beha wat rek- en strekoefeningen te doen.

'Dit hou ik aan hoor,' zei ze alsof ze zich verontschuldigde voor haar preutsheid.

'Poedelnaakt op het Beursplein staan lijkt me ook geen pretje. Dit is uitstekend.'

Ik pootte het statief neer, schroefde de camera erop vast en verbond die met de televisie. Zo kon ze zichzelf zien. Het licht wat feller, een paar spotjes beter gericht.

'Zo, ik ben klaar.'

'Ik ook.'

Ik gaf haar een stuk gordijnrails om als staf te gebruiken, zodat ze haar evenwicht beter kon bewaren en geen lamme arm zou krijgen. Ze ging staan en ik liep rondjes om haar heen en gaf aanwijzingen.

'Probeer je bekken iets meer te kantelen. Buik niet inhouden, is nergens voor nodig. Hielen dichter bij elkaar. Spieren in je bovenarm iets meer aanspannen. Ja, zo is het goed.'

Na een minuut of tien was Joy tevreden. Ze gluurde tussen

haar wimpers door naar de televisie. Ik maakte snel nog wat foto's.

'Oké, hou dit vast, haal even adem. En nu ga je vertellen hoe dit beeld zich voelt, zoals je net aan het vertellen was, maar dan speciaal dit beeld. Waar denk je aan? Wie ben je? Waarom sta je zo en niet anders?'

Joy sloot haar ogen en begon te praten, over oorlog, over het genot bekeken te worden, over de fysieke pijn van de hoofdwond, over de macht die een volmaakt lichaam uitstraalt, over de kwetsbaarheid van die schoonheid, over lust, de mentale pijn na de strijd... Ze leek in trance. Ik wist niet of het de alcohol was die haar gedachten onder stroom zette of dat de begeestering door iets anders werd veroorzaakt. Het was prachtig. De woorden stroomden over haar lippen. Ik liet de camera over haar lichaam glijden, zoomde in op haar oksels, enkels, billen en heupen. Af en toe vroeg ik haar even te zwijgen om close-ups van haar gezicht te maken en raakte volledig in vervoering. Ik wist het zeker: haar moest ik hebben.

'Ken je Fabullus?' vroeg ik haar.

Ze trok een wenkbrauw op en vroeg of dat een lekkere cocktail was.

'Kleed je maar aan. Het is een mooi verhaal. Wil je nog wat drinken?'

Toen ik de kamer weer in liep met twee glazen, zat ze op de bank op me te wachten. Haar rode wangetjes verrieden dat ze benieuwd was, of dat de poseersessie haar de nodige inspanning had gekost, of toch de drank. Dit was het moment voor een parabel.

'Fabullus dus. Fabullus was lang geleden de meest gevraagde schilder van de stad, omdat hij geen afbeelding van vrouwen maakte, maar ze een wonderspiegel voorhield. De rijkste dames lieten hem elke drie jaar een portret van zichzelf maken, voor de nieuwe muren in hun huizen. En elke drie jaar, als het goede leven zijn tol weer had geëist, wist de schilder het beeld bij te stellen door uitgezakte wangen, diepe groeven en lellende kwabben subtiel te vervangen door de strakkere huidrepen van de dochter, of bij gebrek daaraan, ze te verbergen onder overrijpe trossen juwelen. Zo zagen de dames zichzelf op de muren veel langzamer en met meer gratie verouderen dan hun echtgenoten die dat zagen gebeuren, die 's nachts de slaap niet meer konden vatten door het knisperen van hun uitgedroogde huid, en die de geur van gistende vruchten en verwelkte rozen overal in hun huis roken. Na verloop van tijd richtten de mannen zich alleen nog tot de muurschilderingen als ze contact zochten met hun vrouw.

Natuurlijk eisten de vrouwen een soortgelijk genoegen, als compensatie voor de witte bosjes haar uit de oren, de achteruithollende haarlijn en de continu ontevreden mondhoeken – gevolg van tanduitval en gefnuikte ambitie – waar ze iedere dag tegenaan moesten kijken, hun kippigheid ten spijt. De mannen sleurden hun zonen uit het bordeel om ze in de frisse lucht een gezonder kleurtje te laten krijgen en lieten de schilder komen. De dames beloonden hem vorstelijk met goud, juwelen en incidenteel hun dochters.'

'Whatever,' gaapte Joy. 'Ja, luister es, ik heb wel de hele dag...'

Ik onderbrak haar direct, met meer geweld en aansprekende *visuals*.

'"Breng mij een beul; dit lijkt nergens op!" foeterde Fabullus toen hij de vijf lelijkste mannen uit de stad voor zich zag staan. "Hier zit geen schoonheid in!"

De beul gespte zijn leren schort voor, terwijl de schilder koortsachtig vertelde wat hij verlangde: absolute lelijkheid, asymmetrische gezichten, stompen, uitgevallen ogen, botsplinters en een spoor van bloed en darmen. Omdat zij toch al de lelijkste mannen van de stad waren, was dit onmogelijk onterend te noemen. Toen Fabullus hem een buidel muntstukken toewierp, zag de beul de logica hiervan in en laadde zijn gereedschapskist uit.

De vijf mannen, die geboeid stonden te luisteren, lieten hun angst nu de vrije loop. De geur die daarbij vrijkwam, maakte dat de schilder meteen begon te huppelen van inspiratie. Toen de beul was uitgehakt, -gesneden en -geprikt, zocht hij een schone doek om zijn voorhoofd te deppen. Bij zijn eerste passen moest hij zijn sandalen met enige kracht uit de zuigende plas bloed trekken, waardoor hij rode afdrukken achterliet. De punten van zijn sandalen wezen een beetje naar binnen, omdat elke beul onbewust zijn knieën bij elkaar houdt, altijd beducht voor een schop in zijn kloten.

Fabullus merkte dit op en vroeg hem ook te poseren. Nu kwam zijn specialisme: uit alles één maken. Hij schilderde de lichaamshouding van de beul, de restanten gebit van de eerste lelijkerd, de homp gerafeld been van de tweede, de deuk in de schedel van de derde, de doffe glans in het blinde oog van de vierde en het weggeschroeide haar van het laatste model. Hij voegde daar details aan toe die de meeste modellen vertoonden: druipende ontlasting aan de binnenkant van de benen, doorgroeiend wenkbrauwgewas, armen en vingers in verknipte houdingen.

Direct na het voltooien van zijn schilderij ontbood hij een waarzegster. Kon zij de toekomst voorspellen van de man die hij zojuist had geportretteerd? De zieneres vond zelfs na veel harswijn en kattenlevers geen eenduidig antwoord. Aan de ene kant wees de wezelachtige houding op een sterke overlevingsdrang, vond zij, omdat iemand van wie je kan zien dat hij uit zijn bek stinkt naar zweetvoeten van het hielenlikken, het risico op conflicten minimaliseert. Daar stond tegenover dat iemand met zo'n overstelpende lelijkheid erom smeekt uit zijn lijden te worden verlost. Kortom, niemand had ooit een volmaakter mensenfiguur gevormd dan deze barbaars verminkte man.

Fabullus was bijzonder tevreden met zijn creatie en liet de beul de modellen opruimen. Deze nam de twee overlevenden mee naar zijn werkplaats om daar nog wat verder te vijlen en te schaven. Ook hij streefde naar perfectie.'

'Dit is vette shit. En toen?'

Ik schraapte mijn keel. 'Kan het nog mooier? Ik denk van wel. Toen eind augustus 79 de nacht genadeloos over Pompeji viel, wist de oude schilder niet dat hij bezig was zijn meesterwerk te scheppen. Hij zat in gedachten verzonken enige meters van het schilderij af, zijn rechterarm in de zij gedrukt en zijn linkerhand onder zijn kin. Precies toen bereikte de eerste verzengende aswolk van de Vesuvius zijn huis.

Van het schilderij is niets meer over. De schilder werd precies in deze houding aangetroffen, of liever tevoorschijn gehaald, toen het gat in de lava werd volgestort met gips. Toen voorzichtig het zachte puimsteen werd verwijderd, zat Fabullus nog steeds peinzend voor zich uit te staren.'

'Dusss.'

Ze keek me afwachtend aan. Ik nam een slok en glimlachte naar haar. Joy nam ook een slok, lachte voorzichtig terug en herhaalde: 'Dusss.' Ze begreep me, dacht ik. Maar wilde ze dit? Zag ik instemming in haar ogen?

Hoeka keek op van zijn stripboek toen de deur met een klap dichtsloeg. Met vinnige pasjes liep Joy door de lobby. Daar was iets niet helemaal relaxed gegaan, besefte hij.

'Zo, daar ben ik weer. Hoeveel ben ik deze tent nog schuldig? Ik ga terug naar Nederland.' Ze wierp driehonderd euro op de balie.

Hoeka keek haar stomverbaasd aan. 'Weer? Terug? Wat is er gebeurd?'

'Doet er niet toe. Ik blijf geen minuut langer in deze stad vol idioten.'

'Heeft hij... Maar, allez, vertel, ga even zitten, wil je wat drinken? Ge kunt kan toch niet zo subiet...'

'Dat kan ik wel. Sorry, Hoeka, je bent een lieve schat, maar ik vertrek. Je krijgt een afscheidszoen en ik ga de trein van 44 halen.'

Ze draaide zich om, liep naar de slaapzaal en propte haar spulletjes in de koffer. Weer beneden gaf ze Hoeka een kus op zijn mond en zei: 'In films zeggen vrouwen altijd: "Ik vertrek, zoek mij niet..." en dan is het de bedoeling dat ze wel gezocht gaan worden. Dit is geen film, ik meen het. Ik kom hier nooit meer terug en jij komt zeker niet achter me aan. Bedankt voor al je hulp en zo en heel veel sterkte tussen de gevaarlijke gekken. Ciao!'

Joy stapte in een taxi naar het station. Op de stoep voor de herberg stond Hoeka uit het veld geslagen in zijn rasta's te krabben. Vrouwen. Gelukkig had hij voor dit soort gelegenheden een restje Mazar-i-Sharif, nog van voor de oorlog. Hij stopte zich een troostrijk pijpje.

Met veel misbaar sleurde Joy haar koffer langs alle bewakingscamera's die ze in het Centraal kon vinden. Bij het loket voor internationale reizen liet ze een harde boer in het gezicht van de verkoper. Ze hees zich in de trein naar Antwerpen-Amsterdam en ging in een lege coupé zitten mokken. Ging ze het echt doen? Nu kon ze nog terug. Nee. Toen de trein begon te rijden, trok ze haar jas uit en haalde een zwarte trui met capuchon uit haar koffer. Snel propte ze enkele spullen in een kleine rugzak, trok de trui aan en stapte in Brussel-Noord uit de trein met alleen haar rugzak. De koffer liet ze opengeslagen in de coupé liggen.

Ze trok de capuchon ver haar hoofd, liep door het station naar het perron waar de trein richting Jemelle vertrekt. Ze reed onder La Femme door. De coupé was zo goed als verlaten, de meeste ambtenaren van de Europese Unie reisden op dit moment precies de andere kant op. Ze viste haar telefoon uit haar broekzak en verzond een sms. Daarna gooide ze de gsm uit het raampje. Na station Schuman kwam de trein boven de grond, naast het imposante Berlaymontgebouw. Via station Luxemburg reed de trein in een rechte lijn onder de Rodinbrug door naar station Etterbeek. Daar liep ze naar buiten en stapte in de BMW die met draaiende motor klaarstond. Onopvallend gleed de auto weg, maakte een flinke omweg en parkeerde op het terreintje aan de achterkant van een huis op de hoek van de Kroonlaan en de Rodinlaan. In vijf stappen was Joy via de achterdeur naar binnen geloodst, door niemand opgemerkt.

'Dat ging soepel,' zei ze.

Hij knikte. 'Daar drinken we op.'

Toen Joy vroeg in de ochtend gevloerd door de drank op de bank in slaap viel, wist ik nog niet zeker of het gelukt was. Ik nam nog wat foto's van haar, maar omdat ik zelf ook niet meer al te vast ter been was, waren ze bijna allemaal bewogen. Ik stak een sigaret op en liep langzaam op haar toe.

Ze had rode blosjes op haar wangen en haar mond hing een beetje open. In de hitte van het gesprek had ze enkele knoopjes van haar bloesje losgemaakt, ik kon het randje van haar beha zien en het begin van haar prachtige rechterborst. Joy haalde opeens diep adem en liep met een slepende snurk weer leeg. Zelfs nu was ze prachtig. Ik drukte de sigaret uit in de overvolle asbak en trok haar schoenen en sokken uit. De randen van haar sokken hadden moeten in haar kuiten gedrukt, alsof de drank naar haar voetjes was gezakt en haar sokken weigerden dit te accepteren. Zachtjes masseerde ik de twee kringen tot ze zo goed als verdwenen waren, legde Joy in een comfortabele positie op de bank en drapeerde een dekbed over haar heen.

Toen ik naar mijn slaapkamer liep, gaf ik de spiegel een knipoog. Hij reageerde niet. Hij sliep al.

Track IV: Memoires van een standbeeld

(...) Het gaat je echt om de aandacht. Je staat daar de hele dag je best te doen als een vastberaden legerleider, een deugdzaam herderinnetje of als een diep abstract idee over te komen, en genegeerd worden is dan het meest vernederende. Daar kan ieder beeld anders op reageren. Er zijn Davids die zich verlaten voelen, piëta's met de vechtlust van een bende hooligans en borstbeelden die verbrokkelen van hartzeer.

(...) Je hebt alle tijd om iets te doen en aan wil ontbreekt het je niet, maar je kunt geen kant op. En het duurt een tijd voordat je daarin kan berusten, voordat je jezelf kan concentreren op zaken waar het werkelijk om gaat: in nederigheid ontzettend mooi staan te wezen en jezelf te laten bekijken. Je zou het niet geloven na dit gemopper, maar het is een groot genot om elke dag bewonderd te worden. Mensen die een arm om je heen slaan en zo gefotografeerd worden, mensen die voor je knielen om vers fruit en jonge bokjes te schenken, mensen die met open mond minuten naar je staan te staren, mensen die met hun problemen naar jou komen, mensen die wensen dat hun partner meer op jou lijkt, mensen die met een schetsblok op schoot urenlang hun ogen over je lichaam laten glijden, dat zijn gelukzalige hoogtepunten, dat is misschien het sublieme waar de mens altijd naar zal zoeken.

De kunst van het plastineren

Direct nadat de dood was ingetreden, sleepte ik het lichaam van Joy de keldertrap af. Ik moest nu snel handelen. Een lichaam zit vol enzymen en als die niet vlug worden gedood, gaat de boel rotten en stinken. Ik vulde een bassin met een Kaiserlingoplossing: negen liter formaline van 38%, vijf liter formol van 85%, tien liter glycerol van 85%, veertig liter bijna pure alcohol en een slordige 106 liter water. Ik sleepte de fles formaline naar de behandeltafel, eigenlijk zo'n hygiënisch marmeren aanrecht met handig opstaande randjes en een gootsteen. Alsof ik het al jaren deed, vulde ik een grote injectiespuit en spoot vastberaden Joys belangrijkste bloedvaten vol. Armen en benen eerst, dan de lymfeklieren in de oksels en de liezen.

Precisie was geboden. Hoewel ik regelmatig over de schouders van professionals had gekeken, was dit de eerste keer dat ik het zelf bij een mens moest doen – het zweten stond me nader dan het lachen. Als ik naast de vaten zou spuiten, zouden de enzymen in dit beschermde stelsel niet afdoende gefixeerd worden en in latere stadia voor veel ongemak zorgen. Maar voor zover ik kon zien, leek de eerste hindernis genomen.

Nadat ik haar helemaal had geschoren, liet ik Joy voorzichtig in de Kaiserlingoplossing zakken om rustig te fixeren. Ik mocht buiten spelen. De vloeistof zou langzaam in haar lichaam dringen en de ontbinding stoppen.

De penetrante geur was zelfs na lang douchen niet uit mijn huid te wassen, dus ik zag me genoodzaakt mijn boodschappen te doen in een wijk waar de mensen toch al vreemd ruiken.

Na drie dagen viste ik Joy uit het bad. Ik droogde haar voorzichtig af en legde haar op de operatietafel. Toen ik een scalpel gepakt had en met het mes boven haar buik bewoog, merkte ik hoe ernstig ik aan het trillen was. Als ik slordig zou snijden, moest ik later een hoop bijschuren.

Ik gooide een plens medicinale alcohol door mijn koffie en wachtte tot mijn zenuwen enigszins waren bedaard. Beduidend vaster ter hand, alsof ik een fanatiek darter was die zonder rum-cola niet kan mikken, opende ik haar buikholte met een rechte incisie. Ik wilde Joy zo naturel mogelijk hebben, maar sommige stappen waren onontkoombaar. Ik moest holle organen verwijden.

Toen ik op het punt stond haar hartkamers open te leggen, aarzelde ik even, maar wist me te vermannen. Dit had niets met poëzie, symboliek of trauma te maken; dit was een kille en klinische manier om mijn doel te bereiken. Hortsik, het mes erin. Als dichters zouden zien wat ik toen zag, zouden ze het hart als metafoor voortaan veel plastischer inzetten. Het spettert, stinkt en is echt niet mooi. De maag is nog erger, trouwens.

Even meende ik de zoete geur van de aardbeien uit de mojito's te ruiken, maar die was snel vervlogen. Ik voelde mij een student geneeskunde die de eerste keer boven een lichaam zijn uiterste best moet doen het studieobject niet onder te kotsen. Mijn ontbijt kwam een paar keer omhoog, maar ik wist het steeds net op tijd weg te slikken. Ik begreep de neiging van lieden die met lijken werken om in de taal het lijk te ontmenselijken door het neutrale benamingen als 'project', 'patiënt', 'plastinaat' te geven. Ik moest voor mijn eigen nachtrust Joy als 'kunstwerk in wording' zien, een halffabricaat.

Om in een later stadium de siliconen in te kunnen laten trekken, moest ik nu het vocht en het vet verwijderen, zonder dat het kunstwerk zou vervormen of krimpen. Om dat te bereiken, moest ik water en vet vervangen door een intermedium dat op zijn beurt makkelijk vervangen kon worden door siliconen.

Ik had een volledig luchtdichte bak gebouwd die als diepvriezer en vacuümkamer kon worden gebruikt. De compressor en de vacuümpomp had ik wegens explosiegevaar in een andere ruimte geïnstalleerd. Het gehavende lichaam legde ik in een acetonbad. Bij kamertemperatuur verwijdert aceton al het vet.

Na vier dagen ververste ik de aceton en weer vier dagen later nogmaals. Nu moest het deksel dicht, want water verdwijnt alleen bij temperaturen onder nul. Met kleine stappen bracht ik de vriezer tot -22 °C. Wederom elke vier à vijf dagen de aceton verversen, hetgeen me genoeg tijd gaf te bedenken wat ik met de honderden liters gebruikte aceton ging doen, een ongunstig riekend goedje met veel lichaamsvocht en menselijk vet.

Ik vond een rustig plekje achter de car wash in de Veeartsenstraat, nabij het Zuidstation, vlak voordat de Zenne ondergronds gaat. Geen idee of de inhoud van het water ergens gecontroleerd werd, maar het feit dat Brussel besloten had zijn rivier te overkoepelen, betekende dat het water nauwelijks ernstiger te vervuilen viel dan het al was. De drogreden van de gloeiende plaat. Het schijnt dat de laatste levende vis die men uit de Zenne haalde, twee koppen had, licht gaf in het donker en alleen Frans sprak. En van wat er nu nog over die rivierbodem glibbert, valt ook weinig heil te verwachten. Af en toe wat vaten bijtend spul kunnen de boel alleen maar schoner maken.

Toen de acetonometer aangaf dat er in het lichaam minder dan één procent water over was, kon ik de volgende stap zetten. Omzichtig tilde ik de grofweg vijfenzestig kilo wegende klomp materiaal uit de bak. Ik maakte de bak schoon en vulde hem met Biodur S10®, polydimethylsiloxaan met een bepaalde dichtheid, en één procentje Biodur S3®, dibutyltin dilaureaat. Dat had ik gejat van het museum, dus het was prima spul. Ik liet het preparaat in dit mengsel glijden en zette de vriezer op -25 °C.

Een etmaal later ging de vacuümpomp aan. Hierdoor werd de aceton uit het lichaam gezogen en direct vervangen door siliconen. Aceton heeft een hoge dampdruk en een laag kookpunt, rond de 56°C, en de siliconentroep precies andersom. Bij een vacuüm trekt het oplosmiddel dus uit het lichaam, in de vorm van gasbelletjes. Door het glazen deksel zie je de belletjes opstijgen; een heel vrolijk gezicht. Ik moest me dwingen mijn geduld te bewaren, want anders dan bij champagne is een teveel aan bubbels funest voor het feestelijk resultaat. Als de bellen te snel stijgen, beschadigt het preparaat. De celstructuur van het menselijk lichaam is relatief sterk, maar je moet niet overdrijven.

Stapsgewijs voerde ik het vacuüm op tot 666 pascal, tot ik geen belletjes meer zag. Tot op celniveau was nu al het menselijk materiaal vervangen door plastic. Wat ik uiteindelijk uit de bak haalde, was een slappe kunststof pop, kinderspeelgoed met veel weekmakers. Je kon de benen eerst ronddraaien en dan alsnog in de nek leggen. Dat was eventjes best grappig, maar ik moest verder. Ik legde de verfrommelde hoop op de snijtafel, naaide hart en maag met enkele steken dicht en sloot de buikholte met uiterste precisie.

Filled with Joy

De mens Joy heb ik gedood, haar lijk is gereduceerd tot materiaal waarin de structuurelementen zijn gefixeerd, ontwaterd en daarna in een vacuüm met siliconenrubber zijn doordrenkt. Het materiaal is nu preparaat geworden en in de volgende stappen maak ik het tot plastinaat en uiteindelijk tot object. Deze stapsgewijze ontmenselijking is noodzakelijk, want Joy was een onmisbaar middel tot mijn doel: mens wordt beeld. De mens verdwijnt in het beeld en is vanaf dat moment aanwezig en overbodig. Tezelfdertijd is die ontmenselijking juist vreselijk omdat het object, het plastinaat, het beeld, elk zicht op Joy ontneemt. Ze was meer dan lichaam, meer dan twee borsten en een holle rug. En dat gedeelte moet ik in mijn herinnering proberen te fixeren, dat is wat ik, en ik alleen, méér zal zien in het beeld dan een ander. Het overstijgt het figuratieve van kunst omdat het voor één toeschouwer een compleet mens letterlijk verbeeldt; de allerindividueelste expressie.

Terug naar het rubberpreparaat. Het resultaat viel me niet mee. Wat ik bij de katten in minder zichtbare mate had opgemerkt, werd nu pijnlijk duidelijk: het lichaam protesteerde tegen de ruil van vet voor plastic door als een kleutertje te gaan mokken. Het trok in elkaar, kreeg rimpels, boos om het grote onrecht dat het werd aangedaan, en her en der traande het polymeer. Het gezicht was verwrongen in een doodsgrijns met opgetrokken lippen en lodderogen.

Ik begreep nu waarom professor Schatje zijn specimens bij voorkeur vilt alvorens ze te plastineren, want de huid reageert anders op de polymeerbehandeling dan de binnenkant van het lichaam. Zo hingen de oogleden en de buitenste schaamlippen futloos naar beneden en was de huid bij de oksels, onder de borsten, billen en in de knieholtes gaan lubberen en rimpelen. Mijn collega's in de plastische chirurgie noemen het onschuldig 'correctiewerkzaamheden' en hier waren ze op hun plaats. Als interim zou ik eerder geneigd zijn te spreken van 'een grondige reorganisatie' of 'verandermanagement'.

Ik masseerde de rimpels gedeeltelijk weg, gebruikmakend van de synthetische souplesse van het zachte plastic. Met een injectiespuit vulde ik onderhuidse lacunes op en gaf de borsten hun oorspronkelijke volume terug. De oogleden en de vagina naaide ik dicht, de mond wrong ik voorzichtig een stukje open. Met een iets dikkere polymeerpasta egaliseerde ik de huid volledig door met een spateltje alle rimpels en oneffenheden dicht te plamuren.

Langzaam begon het ergens op te lijken en kreeg ik plezier in mijn werk. Zodra je de eerste bemoedigende resultaten van je inspanning ziet, word je door adrenaline tot de finish gestuwd. Ik maakte de polymeerpasta nog dikker om het haar terug op het preparaat te boetseren. Ook dit had ik grondig geoefend op mijn katten; in een hoek van mijn laboratorium stonden bronzen poezen met fantasievolle kapsels, variërend van een strakke zijscheiding tot een hanenkam die naadloos doorliep in de staart. Ik tooide het plastinaat met eenzelfde coupe als Rodins beeld: kort, de oren vrij, licht gedekt in de nek. In de schaamstreek legde ik een beschaafd vachtje aan.

Veel klassieke werken verbeelden subjecten zonder lichaamshaar – hoofdhaar uitgezonderd. Hoezeer ik ook kan genieten van een beeld als geheel en hoezeer ik ook in vervoering kan raken door de materiaalbeheersing en het totaal, mijn blik wordt toch altijd snel naar het kruis getrokken. Je voelt je toch bijna strafbaar als je wordt geconfronteerd met zo'n kale kut? Een woeste scalp is ook lelijk. En het in vormpjes geschoren pubispluis dat de hedendaagse vrouw – volgens de hedendaagse glossy – wordt geacht te hovenieren, vind ik persoonlijk niet echt bij beeldhouwkunst passen. Getrimd en in toom gehouden, daar hou ik van.

Vanwaar toch die moeizame omgang tussen beeldende kunst en schaamstreken? Alsof kunstenaars bang zijn dat alle aandacht van het publiek daar naar uitgaat. Stoere helden zijn bedeeld met een piemeltje dat optisch nog wordt verkleind door een laaghangende zak. Davids penis is nagemeten. Michelangelo heeft de vijf meter hoge David klein geschapen: vijftien centimeter. Komt dat door de spanning die David voelde toen hij het opnam tegen een reus? Een zedige en overrealistische interpretatie van Michelangelo's werk, terwijl je in de rest van zijn oeuvre de voorkeur voor kleine jongetjes bevestigd ziet.

Het plastinaat leek nu weer op een mens. Ik liet het een paar dagen drogen, veegde de her en der opwellende polymeertranen weg en keerde het regelmatig. Na een dag of drie was het niet meer zo kleverig en kon ik het naar de stellage brengen waarin ik het moest positioneren, een metalen geraamte in de vorm van een kubus met in het midden nog extra buizenconstructies om het plastinaat te ondersteunen. Ik wist het object min of meer rechtop te zetten en in die positie vast te klemmen. Het hing slap voorover als een te heet gewassen spook aan een waslijn.

Nu moest ik het in model zien te krijgen. Ik wrong de vingers van de linkerhand om een houten staf, zette de rechterhiel op een kleine verhoging zodat de bal van de voet het steunpunt werd, en dwong de heupen in de juiste stand met nylondraad en stukjes schuimrubber. Het hoofd moest ik ondersteunen zodat het rechtop stond, met de kin vooruit. Ik wist de biceps wat te pimpen, klemde de rechterhand met steunbalkjes op het hoofd, de elleboog schuin omhoog. Ik liftte de billen en de borsten tot ze strak en rond waren en maakte met een scalpel een brede, diepe snee bij de haargrens op de linkerslaap.

Enigszins tevreden vergeleek ik het resultaat met de tientallen foto's van Rodins beeld die in mijn lab hingen. De houding was goed, maar ik kon met geen mogelijkheid de realistische spieren van dat beeld in mijn plastinaat nabootsen. Even heb ik overwogen met een handboek anatomie als gids het plastinaat open te snijden en met klemmetjes de spieren in de kuiten en de bovenbenen op spanning te brengen. Maar ik zou daarmee het object vast en zeker aan flarden rijten, en daarbij: de spieren waren nu zo rekbaar als kauwgom. Met spatels en kwastjes smeerde ik extra polymeer op benen en armen, schouders en rug, en ik boetseerde de musculatuur bij.

Ik wilde geen bodybuilder van het beeld maken. Het moest een combinatie worden van vrouwelijke gratie en nadrukkelijke fysiek. Zonder de vrouwelijkheid had een afgietsel van Rodins beeld kunnen volstaan. Als ik de schoonheid van de vrouw in en over dit beeld kon leggen, zou het volmaakte kunstwerk bereikt worden. In ieder geval perfect voor mij.

Nu had ik alle kenmerken van het beeld gekopieerd, en zag ik verslagenheid, twijfel, ijdelheid, zinnelijkheid, fysiek lijden, trots, gratie en onschuld.

Rond de metalen kubus trok ik een dubbelwandige gasdichte tent op. In een hoek zette ik een bak calciumchloride neer om de lucht zo goed mogelijk te dehydrateren. Uit de vrieskamer haalde ik een fles Biodur S6®, een vloeibaar gas dat bij kamertemperatuur vaporiseert met een geur die me om de een of andere reden aan een loopgravenoorlog deed denken. Ik zette een gasmasker op, goot een flinke plens in een bak naast het plastinaat en verliet de tent zo snel mogelijk. Het gas veroorzaakt kruisverbindingen tussen de polymeermoleculen, waardoor die hard worden.

Na drie weken ververste ik de vochtvreter, haalde enkele foamkussentjes die inmiddels overbodig waren geworden weg en schonk een nieuwe lading tetraethoxysilaan in. Doordat de tent twee keer een poosje open had gestaan, rook mijn hele kelder als de speeltuin van Ali Chemicali. Ik verzekerde me ervan dat er niemand rondliep op het stukje land achter het huis waar de afvoer was en zette de afzuigers op volle kracht. Gelukkig waaide het straf afpandig.

De volgende vijf weken besteedde ik aan logistieke voorbereiding op de laatste stap, ongeduldig wachtend tot het plastinaat geheel was uitgehard. En tussendoor speelde ik *House of Wax* op mijn PlayStation 3.

Toen ik eens midden in de nacht wakker schrok en verward opkeek, zag ik dat ook mijn televisie was ingedommeld. Ik gaf de joystick een tikje en terwijl het beeldscherm zich krakend uit de sluimerstand werkte, meende ik in het diepe zwarte vlak even Joy te zien die de eerste slok van haar laatste cocktail nam. Haar lippen vormden de woorden 'wel wat bitter...' en haar mondhoeken vormden een klein lachje. Op dat moment sprong het beeld weer aan en bleek mijn avatar roemloos te zijn afgemaakt door hongerige zombies.

Ik zette de spelcomputer en de tv uit en liep naar de trap om te gaan slapen. Achter me hoorde ik een zacht grinnikje. Woedend draaide ik me om en schreeuwde: 'Wat moet jij nou weer?'

'Wat wil je dat ik daarop antwoord?' vroeg de spiegel. '"Ach en wee, je hebt een monster gebaard"? Of "Hoe durf je pril leven op te offeren voor je betekenisloze kopieerlust?" Nee hoor, slaap zacht. Morgen fris weer op.'

Hij gaf me een knipoog, maar ik deed de rest van de nacht geen oog meer dicht.

Het bronzen tijdperk

Als je op traditionele wijze een beeld in brons wil gieten, maak je de vulling van het beeld van klei. Ik wilde het plastinaat als kern van het beeld hebben. Als er om het hele beeld een laag metaal wordt gegoten, worden vooral de dunnere lichaamsdelen vervormd. De vingers worden vadsige worsten, de oren bloemkoolgezwellen en de neus maakt het beeld van de uitgerangeerde bokser compleet.

De eerste exemplaren van mijn proefpoezen leken meer op achtereenvolgens een aardappel op pootjes en iets wat uit een vliegende schotel werd geloosd. Latere, beter gelukte beeldjes had ik her en der aan kleine galeries kunnen slijten, wat me voor eventuele nieuwsgierige buren een goed excuus gaf voor de metaalsmelterij in mijn kelder.

Met een elektrisch schaafje haalde ik overal precies drie millimeter van het beeld af. Bij de oren was dat onmogelijk, dus die sneed ik af. Centimeter voor centimeter ging ik het hele object af, schilfertje voor schilfertje haalde ik de plastic huid weg, als een dönerboer die laagje voor laagje van een homp vlees snijdt. Ik schuurde de oneffenheden. Om het plastinaat straks bij het gieten van het brons voor smelten te behoeden, smeerde ik er een laagje Ketac Molar glasionomeer op, kunsthars die tandartsen gebruiken om groeven in een gebit te sealen. Nadat dit spul door geconcentreerd licht is uitgehard, kan het zeer hoge temperaturen aan. Daaroverheen bracht ik een laagje van twee millimeter fijne klei aan. Het beeld had nu weer dezelfde afmetingen als voordat ik begon met schaven.

Ik tilde het beeld in de oven om de kleilaag uit te harden. Vervolgens maakte ik een gewone matrijs. Ik haalde het beeld er weer uit en verwijderde met een beiteltje de kleilaag. Daar zal de laag brons komen. De rest van het proces is gelijk aan de traditionele *cire perdue*-methode.

Van de oortjes maakte ik gewone afgietsels in brons, dus met klei gevuld, en soldeerde ze op de juiste plaats. Met tweecomponentenlijm en keilbouten zette ik het beeld ten slotte vast op een marmeren voetstuk.

Pas toen ik mezelf een dubbele gin had ingeschonken en met een sigaret plaatsnam op een krukje, drong het langzaam maar zeker tot me door. Na negen maanden was het beeld klaar. Buiten vroor het licht. Ik voelde de drank in mijn slokdarm branden. Langzaam zakten mijn schouders naar een normale stand. Mijn handen zaten vol blaren, mijn armen vol brandwonden en ik had de ene hoestbui na de andere.

In de spiegel zag ik dat ik nog best een gezond kleurtje op mijn gezicht had voor iemand die zo lang tussen de chemicaliën had geleefd en de buitenlucht nauwelijks had gevoeld.

Fijntjes herinnerde mijn spiegel me eraan dat die gezonde blos door de hete ovens was veroorzaakt. Als ik beter keek, zag ik inderdaad geschroeide baardhaarpuntjes en asgrauwe wallen rond mijn ogen. Ik vroeg hem wie de mooiste van het land was.

Zonder aarzelen zei hij: 'Joy.'

Epiloog – Deze donkere dag

Wat spookt die kiezigaard toch uit in zijn souterrain, vroeg Hoeka zich af. Het moest zo eng zijn dat Joy, die toch niet snel van haar stuk gebracht was, zonder om te kijken het land had verlaten. Hoeka maakte grote omwegen om regelmatig langs het huis te komen. Kim Clijsters had een aantal van zijn receptietaken overgenomen. Hij vond dat hij het Joy verschuldigd was uit te zoeken wat daar gebeurde. En ook zichzelf, verdomme! Zijn eigen levende standbeeld, waar hij aan gehecht was geraakt en waar hij graag naar mocht kijken, was opeens gevlogen. En hij mocht er niet naar zoeken.

Met zijn rasta's verstopt onder de capuchon van een veel te grote trui hoopte hij niet op te vallen. Regelmatig zat hij als een detective in zijn auto aan de overkant van de straat het huis in de gaten te houden. Uit het raampje, dat op een kier stond, kringelden walmen herfstgeuren en lome reggaeklanken omhoog. Binnen, in de dichte mist, zat Hoeka uur na uur zichzelf te krabben, sudoku's op te lossen en zijn nagelriemen terug te duwen. Regelmatig checkte hij met een verrekijker of er iets bewoog. Als er al te lang niets te zien was, reed hij naar een tankstation om nieuwe chocola te kopen en zijn asbak te legen. Daarna keerde hij terug, parkeerde de auto op een andere plek en probeerde zijn *highscore* met Snake te verbeteren.

Er gebeurde van alles in dat huis, dat was duidelijk. Grote

wolken rook walmden uit de schoorsteen, er hing soms een chemische lucht rond het huis en twee flinke generatoren draaiden dag en nacht. Incidenteel zag hij de viezerik wat katten te eten geven. De man verliet zo goed als nooit het huis, waardoor Hoeka niet dichterbij durfde te komen. Van een afstand kon hij geen strafbare feiten ontwaren om de gendarmen op te attenderen. Maar hij wist zeker dat er iets zo fout als natte shit gaande was.

Pas na maanden had hij geluk. Hij zag de glibber 's morgens vroeg in een net pak en met een rolkoffertje in zijn BMW stappen. Dat leek op een uitstapje. Hoeka volgde de BMW over de grote ring, tot aan de afslag naar Antwerpen. Mooi, die ging een eind weg. Hij reed terug en parkeerde zijn auto in de Hergélaan, achter het huis.

Van een kennis die het fijn vond 's nachts stoned in een autootje over industrieterreinen te rijden, had hij wat noodzakelijke spullen geleend voor deze situatie. Met de donkerblauwe jas van een beveiligingsbedrijf aan, een pen achter zijn oor en een clipboard in zijn hand, liep hij naar het huis. Hij belde aan bij de voordeur en toen daar niet open werd gedaan, liep hij een half rondje om. Hij deed alsof hij wat aantekeningen maakte en liep naar de achterdeur. Van een ander vriendje, dat zijn brood verdiende dankzij beveiligingslekjes, had hij een loper gekregen. Dankzij diens lessen had Hoeka de deur in veertig seconden open. Geen alarm. Hoog tijd dat hier eens een bewakingsadviseur langskomt, dacht hij.

Binnen liep hij direct door naar de kelder. Hij zag een heleboel apparaten, bakken, kleimallen en stinkende rommel staan en had geen idee wat het allemaal was. Tot hij in een hoek een paar bronzen kattenbeeldjes zag staan. Een bronsgieterij dus. De creep was beeldhouwer. En een behoorlijk slechte, bedacht Hoeka toen hij naar de gedrochten keek. Hoewel, als je zo'n kast van een huis wil kunnen betalen, zal je die monsters voor veel geld moeten verkopen. Maar strafbaar was het niet en Joy zal er niet voor gevlucht zijn. Hij liep de trap weer op en betrad de woonkamer.

Ik schrok ergens van op. Traag vloeiden mijn gedachten door het polymeer. Er was iemand in de kamer, iemand anders. Met veel moeite wist ik mijn ogen op een kiertje te zetten. Aanvankelijk zag ik alleen vlekken, toen wazige contouren en uiteindelijk Hoeka. Gaan we nou spoken zien? Nee, het was hem echt. Hij liep langzaam op me af, met een verbijsterde blik in zijn ogen. Hij had me vaak als levend standbeeld gezien, dan keek hij nooit zo verwonderd. Ik bleef hem geamuseerd bespieden. Wat zou er nu in zijn hoofd omgaan?

Hij legde voorzichtig een hand op mijn heup en aaide mijn linkerbil. Ik voelde de warmte door het brons heen stralen. Ik kon precies voelen waar elke vinger lag, de muis van zijn hand. Zelfs dat hij met twee vingers iets harder drukte. Statische elektriciteit die door het metaal geleid werd en door mijn hele lichaam trok. Had het iets te maken met het marmeren voetstuk waar ik op stond? De kleine schokjes verlieten mijn lichaam niet, maar bleven heen en weer schieten, van mijn tenen tot mijn vingers. Een heel lang, loom en licht orgasme.

Hoeka deed een stap achteruit en bleef naar me kijken. Toen kwam hij weer nader, steeds nader en opeens verdween de frons van zijn gezicht. Hij sloot zijn ogen, drukte een kus op mijn lippen, draaide zich om en liep de kamer uit.

Mijn lippen tintelen nog.

Verantwoording

Lezers die menen in het portret van de volstrekt fictieve professor Schatje de honorabele prof. dr. Gunther von Hagens, geboren Liebchen – directeur van het Heidelberg Institüt für Plastination, het Plastination Research Center at the State Medical Academy in Bisjkek (Kirgizië), The Von Hagens Dalian Plastination Ltd. en het Plastinarium in Guben (Brandenburg), bijzonder hoogleraar anatomie aan de Universiteit van Dalian (Volksrepubliek China) en *visiting professor* aan The New York University College of Dentistry – te herkennen, dienen te weten dat het weekblad *Der Spiegel* van 19 januari 2004 vol leugens staat. Er is bepaald dat journalisten op straffe van een dwangsom niet mogen beweren noch impliceren dat Gunther von Hagens de lijken van geëxecuteerde Chinezen in zijn Körperwelten-tentoonstellingen toont. Dit is niet bewezen, noch aannemelijk gemaakt. 'Alle lichamen en het merendeel van de preparaten zijn afkomstig van lichaamsdonateurs van het Institut für Plastination-lichaamsdonatieprogramma,' meldt www.bodyworlds.com.

De lijst van vindplaatsen van Het Bronzen Tijdperk is waarschijnlijk onvolledig. Als bron voor deze lijst en voor meer informatie over Auguste Rodin is www.rodinweb.org gebruikt, de encyclopedische website van Hans de Roos. Daarnaast Antoinette Le Norman-Romain, *Rodin*, Flammarion,

Paris 1997; David Weiss, *Auguste Rodin, een biografische roman*, H.J.W. Becht, Amsterdam 1963; Irene Korn, *Auguste Rodin meester-beeldhouwer*, Atrium, Alphen aan den Rijn 2000; Georges Duby en Jean-Luc Duval [red.], *Sculpture From the Renaissance to the Present Day*, Taschen, Keulen 2006; en Wikipedia.

De citaten op pagina 87 en 88 zijn afkomstig uit: Prof. dr. med. Gunther von Hagens & dr. med. Angelina Whalley, *Prof. Gunther von Hagens' Körperwelten. De fascinatie van echtheid. Tentoonstellingscatalogus*, Instituut voor plastinatie, Heidelberg 2000.

Foto pagina 61: Restant WTC-aanslag. In: *The Guardian*, 16 januari 2002. Foto Kathy Willems, AP.

In 2010 verschenen vijf fragmenten van deze roman in het literaire tijdschrift DW *B*.

Multimedia:
De speciale soundtrack bij dit boek is van KOLBAK; gratis te downloaden op facebook.com/joy.deroman, of www.wereldbibliotheek.nl of www.kolbak.com.

Dank Alfred, DW *B*, Gijsbert, Hugo, Jan-Willem, Koen, Kolbak, Koos, Kurt; heel veel dank Johan en Chaya.

Inhoud